BIBLIOTHÈQUE
DU THÉATRE MODERNE

UNE
SEMAINE A LONDRES

VOYAGE D'AGRÉMENT ET DE LUXE

FOLIE-VAUDEVILLE EN TROIS ACTES ET ONZE TABLEAUX

PAR

MM. CLAIRVILLE ET JULES CORDIER

MUSIQUE DE LA PANTOMIME DE M. VICTOR CHÉRI
DÉCORS DE M. GEORGES

Représentée pour la première fois à Paris, sur le théâtre du Vaudeville,
le 9 août 1849, et reprise, avec des changements et des tableaux nouveaux,
sur le théâtre des Variétés, le 23 juin 1862

PARIS

E. DENTU, ÉDITEUR

LIBRAIRE DE LA SOCIÉTÉ DES GENS DE LETTRES
PALAIS-ROYAL, 13 ET 17, GALERIE D'ORLÉANS

—

1862

UNE
SEMAINE A LONDRES

VOYAGE D'AGRÉMENT ET DE LUXE

Représentée pour la première fois à Paris,
sur le théâtre du Vaudeville, le 9 août 1849, et reprise, avec des
changements et des tableaux nouveaux, sur le théâtre des Variétés,
le 23 juin 1862.

Paris. — Imprimerie VALLÉE et Ce, 15, rue Breda.

UNE
SEMAINE A LONDRES

VOYAGE D'AGRÉMENT ET DE LUXE

FOLIE-VAUDEVILLE EN TROIS ACTES

ET ONZE TABLEAUX

PAR

MM. CLAIRVILLE & JULES CORDIER

MUSIQUE DE LA PANTOMIME DE M. VICTOR CHÉRI

DÉCORS DE M. GEORGES

PARIS

E. DENTU, ÉDITEUR

LIBRAIRE DE LA SOCIÉTÉ DES GENS DE LETTRES

Palais-Royal, 13 et 17, galerie d'Orléans

Tous droits réservés

1862

PERSONNAGES (AU THÉATRE DES VARIÉTÉS)

GROSMOINEAU...................... MM. AMBROISE.
MARTINET.............................. KOPP.
CROKMÉROTT........................ CH. POTIER.
PALMÉRIN............................ ALEX. GUYON.
MARCASSIN......................... CH. BLONDELET.
RAVAJOU............................. AURÈLE.
CAMUSARD.......................... DELTOMBE.
SAVIGNY............................. J. BAZIN.
COQUÉRON.......................... PASTELOT.
CORNU.............................. DELIÈRE.
RAFFLARD........................... CHARIER.
UN VOLEUR.......................... ROLAND.
UN CAPITAINE....................... VIDEIX.
UN VOYAGEUR........................ ADRIEN.
DEUXIÈME VOLEUR.................... GAUTIER.
EURYDICE........................... M**** L. DURAND.
MADAME GROSMOINEAU................. J. PELLETIER.
MADAME COQUÉRON.................... MARIANI.
MADAME RAFFLARD................... OBERTHAL.
MADAME CORNU...................... SILLY.
MADAME CAMUSARD................... COLOMBE.
UNE HOTESSE....................... L. FAYE.

VOYAGEURS DES DEUX SEXES, MATELOTS, GARÇONS D'HOTEL, FOULE DE CURIEUX, VOLEURS.

Dans la Pantomime :

UN ARLEQUIN....................... M. NÉGRIÉ.

UNE
SEMAINE A LONDRES

VOYAGE D'AGRÉMENT ET DE LUXE

ACTE PREMIER

—

PREMIER TABLEAU

—

La rue Saint-Denis.

Un salon. — Porte au fond. — Portes latérales au deuxième plan. —
Un placard au premier plan à gauche.

SCÈNE PREMIÈRE

GROISMOINEAU, seul. — Il achève de boucler une valise.

Victoire! voici ma malle faite, bouclée, je suis prêt! Et
madame Grosmoineau, ma nerveuse épouse, n'y aura vu
que du feu... (Plaçant sa valise dans un placard.) Et maintenant, ni
vu ni connu... et dans une heure, en sortant de la mairie,
en route from London! London! Je vais voir London, et
Kensington, moyennant la bagatelle de deux cents francs!...
(Tirant de sa poche un prospectus.) O bienfaits de l'association!
Quand on songe que grâce aux trains de plaisirs, on peut
passer huit jours dans la capitale du royaume britannique,
voir l'exposition britannique, les jardins britanniques, les
musées britanniques, manger des beefteaks britanniques,
enfin nager pendant huit jours entiers dans les plaisirs bri-

tanniques pour deux cents misérables francs ? N'est-ce pas
prodigiouss! comme disent les Anglais?

Air : Des Amazones.

A l'exposition nouvelle...
Où l'univers se portera,
Puisqu'on la dit universelle,
Pour deux cents francs mon œil verra
Ce que le monde entier exposera.
Bronzes, aciers, fers, dentelles et roses,
Meubles, tableaux, perles et diamants,
Vraiment, pour voir exposer tant de choses,
Je pouvais bien exposer deux cents francs.
Vraiment, pour voir exposer, etc.

Et puis voyager sans ma femme! à l'insu de ma femme,
malgré ma femme... et plus encore, en enlevant mon gendre
ce pauvre Martinet, qui dans une heure épouse ma fille, et
qui, ce soir... Ah cet enlèvement présente des difficultés...
Mais il le faut! Eurydice pense toujours à ce mauvais sujet
de Palmerin... et elle est trop certaine de l'amour de Martinet; je veux, par ce voyage, lui faire croire que Martinet
est beaucoup moins épris qu'elle ne pense... Ça la piquera
et quand les femmes sont piquées, elles sont pincées... mais
voici mon épouse, cachons mes projets avec ce prospectus ..
(Madame Grosmoineau entre par la droite.)

SCÈNE II

MONSIEUR et MADAME GROSMOINEAU.

MADAME GROSMOINEAU, en grand costume.

Eh bien! monsieur, vous n'êtes pas encore prêt!

GROSMOINEAU.

Oh! mon habit à passer, voilà tout.

MADAME GROSMOINEAU.

Que faisiez-vous là?

GROSMOINEAU.

Mais vous le voyez... rien... je réfléchissais...

MADAME GROSMOINEAU.

Monsieur Grosmoineau, vous me cachez quelque chose.

GROSMOINEAU.

Moi !...

MADAME GROSMOINEAU.

Vous avez des secrets?

GROSMOINEAU. ?

Moi, j'ai...

MADAME GROSMOINEAU.

Mais patience, patience !

GROSMOINEAU.

Vous dites?...

MADAME GROSMOINEAU.

Je ne dis rien... habillez-vous.

GROSMOINEAU, à part.

Se douterait-elle ?...

MADAME GROSMOINEAU.

Et notre gendre, pourquoi n'est-il pas arrivé? Est-ce qu'il a des secrets aussi, lui?

GROSMOINEAU.

Mais quel secret voulez-vous que nous ayons?

MADAME GROSMOINEAU.

Je n'en sais rien, mais la rue Saint-Denis conspire, depuis le numéro neuf jusqu'au numéro trente-un... un vaste complot s'organise, et ce complot ne menace que vos épouses que vous avez bien soin de tenir à l'écart... mais nous veillons, entendez-vous, Grosmoineau?

GROSMOINEAU, qui est allé prendre son habit.

Oui, j'entends que vous veillez... mais retenez bien ceci : La femme doit obéissance et soumission...

« Du côté de la barbe est la toute-puissance. »

Et si ce n'était par bonté d'âme et pour ne pas vous affliger à l'avance, ce serait tout de suite, et sans ménagements que je vous dirais : je veux passer la Manche et je la passerai.

MADAME GROSMOINEAU.

Plaît-il?...

GROSMOINEAU, à part.

Oh! imbécile.

MADAME GROSMOINEAU.

Vous avez dit?...

GROSMOINEAU.

J'ai dit, j'ai dit... Aidez-moi donc.

MADAME GROSMOINEAU.

A quoi?

GROSMOINEAU.

A passer la manche... Vous voyez bien que j'ai toutes les
peines du monde à passer la manche.

MADAME GROSMOINEAU, l'aidant.

Il se trouble encore... Quel est donc ce mystère ?

EURYDICE, en dehors.

Non, c'est inutile, me voilà prête !

GROSMOINEAU.

Notre fille !... Silence... Ne lui donnons pas un avant-
goût des petites discussions matrimoniales.

SCÈNE III

LES MÊMES, EURYDICE entrant par la gauche.

EURYDICE.

AIR *du Brasseur.*

Je me fais un bonheur
D'aller à la mairie ;
Ça fait plaisir et peur,
Ça fait battre le cœur !
Le marié joyeux
Me guide à la cérémonie,
Il a l'air amoureux,
Et moi je baisse ainsi les yeux !
Le maire m'interpelle :
« Parlez, mademoiselle,
» S'rez-vous toujours fidèle
» A monsieur vot' mari ? »
Alors, jetant un r'gard sur lui,

En rougissant, je réponds : Oui !
C'est un bien grand
Serment
Que celui que j' vais faire ;
C'est un bien grand serment
Que l'on trahit souvent !
Du moins, en le faisant,
Faut-il être sincère ;
D'ailleurs, nous savons bien
Que ça n'engage à rien.

GROSMOINEAU.

Quelle joie ! quelle gaieté !

MADAME GROSMOINEAU, à part.

Oui, chante, chante, pauvre petite, le mariage te fera
bientôt déchanter.

EURYDICE.

Maman, me voilà prête ; comment me trouves-tu ?

MADAME GROSMOINEAU.

Jolie comme une fée.

GROSMOINEAU.

Scélérat de Martinet ! En voilà un commerçant qui pourra
se vanter de tenir un joli article.

EURYDICE.

Martinet... Ah ! ce n'est pas lui que j'aurais voulu épouser...

MADAME GROSMOINEAU.

Eh quoi ! tu penses encore...

GROSMOINEAU.

Que voilà bien l'aveuglement des femmes !... Nous lui
donnons un cœur d'or, un cœur tout neuf, un brave garçon qui a cent mille francs et un superbe magasin de den-
rées coloniales ..

EURYDICE.

Oh ! un épicier ! ..

GROSMOINEAU.

Ça ne s'appelle plus de l'épicerie... ça s'appelle des den-
rées coloniales. Et mademoiselle regrette qui ? Un pendard,
un sacripant, un va nu-pieds, un Palmérin, que j'ai flanqué
à la porte parce qu'il était paresseux, goguenard, insolent,
et qu'il ne savait rien faire,

EURYDICE.

Oh ! si !...

MONSIEUR ET MADAME GROSMOINEAU.

Hein ?...

EURYDICE.

Il savait me faire la cour.

GROSMOINEAU.

Jolie profession.

EURYDICE.

Et puis il était si gai, si amusant, si gentil !...

MADAME GROSMOINEAU.

Voilà le mal, les maris gentils, vois-tu... les maris qui sont gais et spirituels... sont toujours de mauvais maris... et même quand ils sont bêtes et laids...

GROSMOINEAU, à part.

Elle m'a regardé.

MADAME GROSMOINEAU.

Mais enfin, il y a plus de ressources... On en vient à bout. Écoute, mon enfant, les conseils de ta mère.

GROSMOINEAU.

Du tout, c'est à son père à lui tracer ses devoirs.

MADAME GROSMOIMEAU.

Ne l'écoute pas.

GROSMOINEAU.

AIR : *Vive la lithographie!*

D'une ligne de conduite
Je vais te tracer le plan.

MADAME GROSMOINEAU.

Ecoute-moi, ma petite,
Car ton bonheur en dépend.

GROSMOINEAU.

Ma fille, que ton mari
Soit par toi toujours chéri.

MADAME GROSMOINEAU.

Toujours, s'il est juste et bon ;
Mais s'il est un tyran, non !

GROSMOINEAU.

S'il trahissait ta tendresse,
Va, crois-moi, ferme les yeux.

MADAME GROSMOINEAU.

A sa première maîtresse,
Vite, prends deux amoureux.

GROSMOINEAU.

Bref, souscris à tous ses vœux,
Quand il aura dit : Je veux !

MADAME GROSMOINEAU.

Réponds-lui : Je ne veux pas !
Et fais ce que tu voudras.

EURYDICE.

Voulez-vous, en cette affaire,
Connaître mon sentiment?
Je suis de l'avis d' mon père...

(A part, et se tournant vers sa mère.)

Mais j' f'rai tout ce qu'a dit maman.

(Plusieurs voix se font entendre au dehors.)

MADAME GROSMOINEAU.

Quel est ce bruit?

GROSMOINEAU.

Ce sont nos témoins.

MADAME GROSMOINEAU.

Tenez-vous droite, ma fille.

SCÈNE IV

Les Mêmes, CAMUSARD, CORNU, quatre témoins, en costume de voyage, ensuite MARTINET, en costume de marié. Ils entrent par le fond.

CHOEUR.

Air : *Vivent les amours qui toujours...*

Pour assister à votre hymen,
Chacun de nous quitte son magasin,
Et joyeux,
Nous formons des vœux
Pour que vos nœuds
Soient constamment heureux.

CAMUSARD.

Où donc est le nouvel époux ?

GROSMOINEAU.

Quoi ! mes amis, il n'est point avec vous ?

CORNU.

En retard ! comprend-on cela ?

EURYDICE.

C'est fort galant !

MARTINET, en dehors.

Me voilà ! me voilà ?

GROSMOINEAU.

Sa voix !

TOUS.

C'est lui.

CAMUSARD.

Attention, les basses-tailles !

REPRISE ENSEMBLE.

Pour assister, etc.

MARTINET, entrant sur le chœur.

Merci, merci, mes bons amis... Pardon, beau-père, belle-mère, belle future; et toute la belle société.

MADAME GROSMOINEAU.

Se faire attendre dans un pareil jour !

GROSMOINEAU.

Mon gendre, vous êtes dans votre tort.

MARTINET.

Non, non, je ne suis pas dans mon tort, mais je suis dans la garde nationale... Commandé de service juste le jour de mon mariage, et avec un billet jaune encore !

MADAME GROSMOINEAU.

Il fallait écrire à votre sergent-major.

MARTINET.

J'ai fait mieux que ça, je l'ai vu, ce bipède farouche; je lui ai dit que j'épousais une femme charmante... Il m'a répondu qu'il n'entrait pas dans ces détails de ménage... En voilà un farceur !... Heureusement j'ai pu changer mon tour avec Pichenot l'herboriste... j'ai monté pour lui hier à l'hôtel de ville... Quelle chienne de garde ! je suis rompu! vais-je ronfler cette nuit !...

GROSMOINEAU.

Voulez-vous bien vous taire?

MARTINET.

C'est juste, j'ai dit une énormité.

CAMUSARD, prenant le milieu de la scène.

Ce n'est pas pour vous renvoyer, mais je viens de la mairie, l'adjoint de monsieur le maire, qui souffre des dents, s'impatientait de ne voir arriver personne.

MARTINET.

L'autorité aurait une fluxion ! partons vite... (S'arrêtant) Ah ça mais, et nos témoins ? (Camusard retourne à sa place.)

GROSMOINEAU, montrant les quatre témoins.

Les voici.

MARTINET.

Tiens, c'est vrai... c'est ce costume qui m'empêchait de reconnaître...

MADAME GROSMOINEAU.

Mais en effet... sans tenir à la toilette, vous conviendrez
que pour un mariage...

GROSMOINEAU.

Ne vous occupez pas de cela, c'est une surprise que nous
ménageons aux nouveaux mariés.

MARTINET.

Ah ! bah !

EURYDICE.

Une surprise !

MARTINET, gaîment.

C'est bon, c'est bon, du moment que tout le monde est
d'accord, ça me va.., si c'est drôle, nous rirons, j'aime la
gaieté, moi... (A part.) C'est égal c'est une fichue mise tout de
même. (Haut) Partons; beau-père, je vous confie mon épouse;
veillez sur sa vertu et sur ses souliers de satin.

CHOEUR.

AIR : *Gai, gai, mariez-vous.*

Gai! gai! mariez-vous,
    Jeunes filles
Et joyeux drilles.
    Gai ! gai ! mariez-vous,
Le bonheur suit les époux !

(Sortie par le fond.)

SCÈNE V

CAMUSARD, CORNU.

CORNU.

Nous ne les suivons pas?

CAMUSARD.

Ma foi non, la famille et les quatre témoins suffisent à la
mairie et je suis si émotionné qu'à chaque instant je manque de me trahir.

CORNU.

Je suis très-content et très-joyeux aussi, mais j'ai une peur
affreuse de mon épouse.

CAMUSARD.

La mienne sera furieuse. Elles seront toutes furiéuses; mais une fois en route...

CORNU.

Il est vrai qu'en ce moment je suis très-exposé à Paris.

CAMUSARD.

Toi?

CORNU.

Oui, dernièrement, j'étais au jardin zoologique avec ma femme dans l'aquarium des poissons. Tu sais qu'il y fait très-noir.

CAMUSARD.

Oui.

CORNU.

Pendant que j'admirais une langouste, je crois voir qu'un homard... non, qu'un hussard s'approche un peu trop de mon épouse, je le repousse, il se fâche, nous nous colletons dans l'obscurité et la garde nous sépare; mais en suivant ceux qui l'entraînaient je l'ai très-bien entendu me dire : Monsieur, votre main a touché mon visage... nous nous reverrons, monsieur, et je vous tuerai!... Certainement l'exposition m'attire à Londres; mais peut-être pas autant que ces paroles ne m'éloignent de Paris.

CAMUSARD.

Eh bien, je suis comme toi sous le coup d'un grand danger. Tu connais Virginie, la petite Virginie.

CORNU.

Ta demoiselle de comptoir...

CAMUSARD.

Chut!... silence!... oui, c'est vrai; je la protége et elle est reconnaissante... pour ça je n'ai pas à me plaindre.

CORNU.

Ah! scélérat.

CAMUSARD.

Mais il paraît qu'à mon insu, un brun, très-petit, mais qui semble très-fort, s'était permis des œillades à travers les carreaux.

CORNU.

Ah! diable!

CAMUSARD.

Tu penses bien que lorsque j'ai su ça, je me suis montré; j'ai signifié à Virginie que si je voyais reparaître la tête de ce monsieur, elle sortirait à l'instant de chez moi.

CORNU.

Eh bien?

CAMUSARD.

Eh bien !... La tête n'a plus reparu.

CORNU.

Ah !...

CAMUSARD.

Mais je l'ai rencontrée, je la rencontre souvent, la tête, une affreuse tête avec des moustaches et de grands yeux noirs, et toutes les fois que je la rencontre elle me dit avec un rire sardonique :« Bonjour, Pau-Paul, comment va Virginie, Pau-Paul? » Jusqu'à ce jour il s'est borné à m'appeler Paul et à me demander si Domingo était toujours à mon service. Mais je lis dans ses yeux que son intention la plus chère serait de me donner une volée, et c'est en partie pour cela que j'ai résolu mon voyage à Londres. (On entend la ritournelle de l'air du *Philtre*.)

COQUÉRON, en dehors.

Allons donc, traînard, allons donc.

CAMUSARD.

Cette voix...

CORNU.

Celle de Coquéron.

CAMUSARD.

Notre célèbre canotier.

SCÈNE VI

LES MÊMES, COQUÉRON, puis RAFFLARD.

COQUÉRON, entrant par le fond.

AIR *du Philtre*.

Nouveau Jean Bart,
De toute part,

> J'ai souvent, bravant les hasards,
> Navigué sous le pont des Arts.
> Oui, dans ma barque
> On me remarque,
> J'ai d'un corsaire
> L'air téméraire.

RAFFLARD, entrant par le fond.

> Je suis Rafflard,
> Grand pêcheur, car
> Chaque jour, bravant les hasards,
> Je pêche sous le pont des Arts.

REPRISE ENSEMBLE.

> Ils vont braver d'autres hasards
> Que ceux qu'on brave au pont des Arts!

CAMUSARD, montrant des livres que porte Coquéron.

Ah! mon Dieu! que de livres!.. Qu'est-ce donc que tout cela?

COQUÉRON.

Ne touchez pas, profane, ne touchez pas!.. ce sont des livres au moyen desquels je m'instruis dans la science de la navigation : la vie du grand Jean Bart, de Duguay-Trouin, d'Hariadan Barberousse...

AIR *du vaudeville de l'Héritière.*

> Dans ces livres, je m'habitue
> A tous les termes de l'état;
> Je sais par cœur Eugène Sue
> Et le capitain' Marryat.
> Je leur dois mon noviciat:
> Je connais l'avant et l'arrière,
> Je connais le nom des trois-mâts;
> Je connais tout...

CAMUSARD.

> Excepté, cher confrère,
> La mer, que vous n' connaissez pas.

COQUÉRON.

C'est vrai, jusqu'à présent mes moyens ne m'ont pas permis... mais, c'est égal, vous me verrez sur le pont du navire... vous m'entendrez parler marine avec le capitaine!

2

RAFFLARD

Et moi donc, me voyez-vous, pendant tout le voyage, la ligne à la main... pêchant toujours, pêchant partout... (Avec enthousiasme.) Mes amis... mes bons amis... je vous ferai manger de la raie.

CAMUSARD.

Comment, c'est pour pêcher que tu vas à Londres ?

RAFFLARD.

Et pour humilier le jury qui a refusé d'admettre à l'exposition mon chapeau-commode.

CAMUSARD.

Ton chapeau-commode ?

RAFFLARD.

Oui, un chapeau en acajou, avec deux tiroirs dans le fond...

CAMUSARD.

Et un dessus de marbre ?

RAFFLARD.

Une merveille !

SCÈNE VII

LES MÊMES, GROSMOINEAU.

GROSMOINEAU, entrant par le fond.

En voilà bien d'une autre !

TOUS.

Qu'est-ce donc ?

GROSMOINEAU.

L'adjoint de monsieur le maire, qui avait une fluxion..

CAMUSARD.

Je vous l'avais bien dit...

GROSMOINEAU.

Il est allé chez le dentiste et ne reviendra à la mairie que dans deux heures.

COQUÉRON.

Mais nous devons être partis dans vingt minutes...

GROSMOINEAU

Nous partirons.

CAMUSARD.

Avant le mariage ?

GROSMOINEAU.

Il le faut bien ; je viens de dire à mon gendre que nous
avions à lui parler pour la surprise. Il va se rendre ici avec
les témoins.

CORNU.

Mais votre femme... les nôtres et la mariée ?..

GROSMOINEAU.

Elles attendent l'adjoint, et j'ai donné toutes nos lettres
à un commissionnaire qui, dans dix minutes, va les leur
porter.

CORNU.

Que diront-elles !

MARTINET, en dehors.

Mais où diable me conduisez-vous ?

GROSMOINEAU.

Mon gendre !.. attention à l'enlèvement.

COQUÉRON.

En ma qualité de marin, c'est à moi de commander la
manœuvre.

SCÈNE VIII

Les Mêmes, MARTINET, les quatre témoins, ensuite
ÉURYDICE. (Ils entrent par le fond.)

MARTINET, entrant, à la cantonade.

" C'est pour la surprise, dites-vous ?.. Eh bien ! d'accord...
surprisez-moi tout de suite, afin que je puisse rejoindre ma
femme.

GROSMOINEAU.

Patience, mon gendre, patience, vous avez le temps d'être marié.

MARTINET.

C'est possible ; mais je suis très-intrigué, je ne vous le cache pas... Tout ce que je viens de voir... ces costumes, ces sacs de nuit, ces valises... Partons-nous pour la mairie ou pour la Californie ? je demande à le savoir.

EURYDICE, entrant par le fond sur la pointe du pied et se cachant à gauche.

(A part.) Maman m'a parlé d'un mystère...

GROSMOINEAU.

Coquéron, vous avez la parole.

COQUÉRON, prenant le milieu et montant sur une chaise, gaîment et avec force.

Tout est prêt ; le capitaine est à son bord, les dorades vont appareiller...

MARTINET.

Qu'est-ce qu'il chante ?

COQUÉRON, prenant un porte-voix qu'il a apporté.

Attention à la manœuvre !

MARTINET.

Tiens ! vous parlez dans un entonnoir.

COQUÉRON.

Je vous pardonne, Martinet... vous n'êtes pas marin (Criant dans le porte-voix.) Attention !

MARTINET.

Voilà la surprise... je ris d'avance, je suis sûr que c'est drôle.

COQUÉRON, criant dans le porte-voix.

Y êtes-vous ?

TOUS.

Oui.

MARTINET.

Oh ! je ris... je ris...

COQUÉRON, de même.

Une, deux, trois... Enlevez le futur.

MARTINET, se sentant enlever.

Eh bien! eh bien!

COQUÉRON.

Au chemin de fer!

TOUS.

Au chemin de fer! (Ils sortent par le fond en emportant Martinet qui se débat. — Grosmoineau a repris sa valise.)

SCÈNE IX

EURYDICE, seule.

Comment! On enlève mon futur! on l'emporte au chemin de fer... voudrait-on l'expédier dans un département? Ah! si c'est une niche, je la trouve bonne.

AIR *de Calpigi*.

Mon père fit ce mariage,
Et le jour où j'entre en ménage,
Mon père enlève mon mari!
Vraiment, n'est-ce pas inouï!
Mais l'instant est fort mal choisi.
Quelle aventure curieuse!
Pour ma part, je suis furieuse...
Surtout de n'avoir point ici
Quelqu'un pour m'enlever aussi!

Monsieur Palmerin, par exemple... car enfin c'est la mode retournée, et je ne dois pas souffrir... (Grand bruit au dehors.) Ah! mon Dieu! reviendraient-ils déjà? non, c'est ma mère avec toutes nos voisines... Qu'ont-elles donc? On dirait une émeute.

SCÈNE X

EURYDICE, MESDAMES GROSMOINEAU, CAMUSARD, CORNU, COQUÉRON, RAFFLARD, toutes une lettre à la main, entrant par le fond.

CHOEUR.

AIR *de la tarentelle de la Muette.*

Pour nous trahir,
Eh quoi ! se réunir !
Ah ! nous devons punir
Cette conduite infâme !
Livrons notre âme
A des transports jaloux ;
Et contre nos époux,
Femmes, révoltons-nous !

EURYDICE.

Bonjour, mes chères voisines,
Pourquoi cet air agité ?

MADAME CAMUSARD.

Nous devons être chagrines...

MADAME CORNU.

Apprenez la vérité.

MADAME COQUÉRON.

Non, c'est moi qui dois l'instruire.

MADAME RAFFLARD.

Non, je m'expliquerai mieux.

MADAME CORNU.

En trois mots je vais lui dire...

MADAME GROSMOINEAU.

Moi, je vais lui dire en deux...

REPRISE EN CHOEUR.

Pour nous trahir, etc.

MADAME GROSMOINEAU.

De grâce, mesdames, parlons chacune à notre tour,

MADAME CAMUSARD.

C'est juste.

TOUTES.

Silence...

MADAME CAMUSARD.

Taisez-vous donc !

MADAME COQUÉRON.

C'est vous qui parlez.

MADAME CAMUSARD.

Moi, par exemple !

EURYDICE.

De grâce, entendons-nous... qu'arrive-t-il ?

MADAME CORNU.

Il arrive...

MADAME RAFFLARD.

Que nos maris sont partis.

MADAME COQUÉRON.

Qu'ils nous abandonnent.

MADAME CAMUSARD.

Pour des Anglaises.

MADAME GROSMOINEAU.

Et que voilà les lettres que nous venons de recevoir.

MADAME CORNU, lisant.

« Ma biche... »

MADAME CAMUSARD, de même.

« Ma chouchoute... »

MADAME RAFFLARD, de même.

« Ma chérie... »

MADAME COQUÉRON, de même.

« Mon trésor... »

MADAME GROSMOINEAU, de même.

« Ma grosse chatte... »

MADAME CORNU.

« Je pars pour Londres. »

MADAME CAMUSARD.

« Je vais en Angleterre. »

MADAME RAFFLARD.

« Je vais pêcher sur la Tamise. »

MADAME COQUÉRON.

« Je vais naviguer de Dunkerque à Southampton. »

MADAME GROSMOINEAU.

« Je te quitte pour faire le voyage de Paris à Londres. »

MADAME CORNU.

« Garde la boutique. »

MADAME CAMUSARD.

« Je te confie le magasin. »

MADAME RAFFLARD.

« Reste à la chambre. »

MADAME COQUÉRON.

« Ne quitte pas ton comptoir. »

MADAME GROSMOIMEAU.

« Ne bouge pas jusqu'à mon retour. »

MADAME CORNU.

« Je reviendrai plus amoureux. »

MADAME CAMUSARD.

« Tu me reverras plus épris. »

MADAME RAFFLARD.

« Je te pêcherai une grosse friture. »

MADAME COQUÉRON.

« Je te raconterai mes voyages. »

MADAME GROSMOINEAU.

« Je t'apporterai quelque chose d'anglais. »

MADAME CORNU.

« A bientôt. »

MADAME CAMUSARD.

« Dans huit jours. »

MADAME RAFFLARD.

« Attends-moi. »

MADAME COQUÉRON
« A la semaine prochaine. »

MADAME GROSMOINEAU.
« Au plaisir de te revoir. »

MADAME CORNU.
« Ton bichon. »

MADAME CAMUSARD.
« Ton loulou. »

MADAME RAFFLARD.
« Ton chéri. »

MADAME COQUÉRON.
« Ton trésor. »

MADAME GROSMOINEAU.
« Ton gros chat. »

MADAME CORNU.
« Cornu. »

MADAME CAMUSARD.
« Camusard. »

MADAME RAFFLARD.
« Rafflard. »

MADAME COQUÉRON.
« Coquéron. »

MADAME GROSMOINEAU.
« Grosmoineau. »

TOUTES.
Ah! c'est affreux!

MADAME RAFFLARD.
Mais ils sont partis... que faire?...

EURYDICE.
Un coup de tête.

MADAME CAMUSARD.
Lequel?

EURYDICE.
Je n'en sais rien... l'important, c'est de les rejoindre.

TOUTES.

Mais où?

EURYDICE.

Ils sont partis en criant : au chemin de fer !

MADAME CORNU.

Mais lequel?

EURYDICE.

Mais celui qui mène à Londres... on nous indiquera, venez.

TOUTES.

Oui, partons, partons !

TOUTES ENSEMBLE.

AIR : *Notre vengeance.*

De la prudence,
Faites silence,
Dans nos filets nos maris
Seront pris!
Douce espérance!
Que la vengeance
Comble nos vœux!
C'est le plaisir des dieux!

EURYDICE.

Mettons-nous vite
A leur poursuite.
Guerre aux infâmes!
Il faut, mesdames,
Montrer aux hommes
Ce que nous sommes!
S'ils se rassemblent
Sans nous, qu'ils tremblent!

REPRISE ENSEMBLE.

De la prudence, etc.

(Elles sortent. Le théâtre change.)

DEUXIÈME TABLEAU

L'Embarcadère du chemin de fer,

La façade de l'embarcadère au chemin de fer du Nord, qui est à gauche.
— Un café au fond à droite.

SCÈNE PREMIÈRE

CROKMÉROTT, SAVIGNY, FOULE DE VOYAGEURS.

LES VOYAGEURS.

CHŒUR.

AIR *de Zanetta.*

A l'appel prêts à répondre,
Nous venons au rendez-vous :
L'heure du voyage à Londre
Va bientôt sonner pour nous.

UN VOYAGEUR.

Eh bien! monsieur Crokmérott, partons-nous?

CROKMÉROTT.

Yes, tutte de suite, dans une grosse petite demi-heure.

SAVIGNY.

J'espère que pour nos deux cents francs nous serons bien traités ?

CROKMÉROTT.

Yes, vô ferez tous le même chose; vô verrez le même chose, vô marcherez le même chose, vô mangerez le même chose et vô coucherez le même chose.

SAVIGNY.

Ah çà! mais, nous ferons donc tous la même chose?

CROKMÉROTT.

Yès, le même chose pour que vô étiez contents le même chose. C'été le voyage de le égalité.

SAVIGNY.

Et de la liberté, ça va sans dire.

CROKMÉROTT.

Yes, vô élez libres d'aller où ça m'amuse, de manger ce qui m'amuse, de coucher vô quand ça m'amuse.

SAVIGNY.

A ce compte-là, c'est un voyage d'agrément pour vous tout seul.

CROKMÉROTT.

No, c'été pour le agrément et l'intérêt-à vô.

TOUS.

Comment cela ?

CROKMÉROTT.

Je volé traiter vo comme moi... et puisque je traité toujours confortablement moi et que je traiterai vô aussi confortablement que moi-même, vô été sûrs de n'être pas mal traités.

SAVIGNY.

D'honneur, je me fais une fête de ce voyage, et pourtant j'ai bien failli manquer l'heure du départ.

CROKMÉROTT.

Vô avez manqué de manquer l'heure?

SAVIGNY.

Depuis deux jours je suis à la recherche d'un individu qui m'a grièvement offensé au jardin zoologique. Malheureusement on nous a séparés sans que j'aie pu distinguer ses traits; j'ai passé deux jours à regarder de travers tous ceux qui paraissaient avoir quelque ressemblance avec mon homme, et, tout à l'heure, à quelques pas de l'embarcadère, j'avais cru reconnaître... mais je me suis encore une fois trompé.

CROKMÉROTT.

Que savé-vô ? vô retrouverez peut-être lui à Londres.

SCÈNE II

Les Mêmes, PALMÉRIN, tout effaré, entrant par la droite.

PALMÉRIN, arrivant en courant et en bousculant la foule.

En voilà une farce de farce qui n'est pas farce ! En voilà

une course au clocher! Maudit Marcassin!.. Brigand de
garde du commerce! c'est que j'ai vu l'instant où j'étais
pincé. Heureusement il a perdu ma piste... mais il pourrait
la retrouver. (Apercevant les voyageurs.) Ah! tout ce monde...
si je me faufilais... (Il les bouscule de nouveau.)

CROKMÉROTT, l'arrêtant.

Monsieur avé un billet?

PALMÉRIN.

Un billet, oui, monsieur, j'en ai même plusieurs.

CROKMÉROTT.

Plusieurs billets?

PALMÉRIN, à part.

Protestés.

CROKMÉROTT.

Alors, monsieur, il cherché quelqu'un?

PALMÉRIN.

Non, monsieur, c'est quelqu'un qui me cherche.

CROKMÉROTT.

Et qui devé venir ici?

PALMÉRIN.

Il ne manquerait plus que ça!

CROKMÉROTT.

Pour partir avec nô for London?

PALMÉRIN.

Vous partez pour Londres?

CROKMÉROTT.

Tutte suite.

PALMÉRIN.

Et vous y restez?

CROKMÉROTT.

Huit jours.

PALMÉRIN.

Et ça coûte?

CROKMÉROTT.

Doux cents francs.

PALMÉRIN.

Douze cents francs? c'est trop cher.

3.

CROKMÉROTT.

No, je disé à vô doux cents francs.

PALMÉRIN.

J'entends bien ; douze cents francs ; c'est trop cher pour moi.

CROKMÉROTT.

No, doux ! (Il compte sur ses doigts.) cents francs.

PALMÉRIN.

Ah ! deux cents francs.

CROKMÉROTT,

Yès, deux cents francs tous frais payés...

PALMÉRIN.

Pour huit jours ?

CROKMÉROTT.

·Et pour bien sé amuser.

PALMÉRIN.

Enregistrez-moi : « Alphonse Palmérin. »

CROKMÉROTT.

Tutte suite.

PALMÉRIN, à part.

C'est un excellent moyen pour éviter Clichy... et puis-qu'il me reste une centaine d'écus...

CROKMÉROTT, écrivant.

Elphonse...

PALMÉRIN.

Non, pas El, Al... Alphonse Palmérin.

CROKMÉROTT, de même.

Pelmérin.

PALMÉRIN.

Non, pas Pel, Pal... Palmérin.

CROKMÉROTT, de même.

Palmé...

PALMÉRIN.

Rin... appuyez sur le rin. Et à présent à qui faut-il payer ?

CROKMÉROTT.

A moi-même.

PALMÉRIN, donnant un billet de banque.

AIR *de Madame Favart.*

Payez-vous donc, c'est magnifique !
J'enfonce ainsi les recors, les huissiers.
Autrefois, c'était en Belgique
Qu'on dépistait les créanciers.
Voilà, je crois, chose assez singulière,
La première fois qu'un Français
Fait un voyage en Angleterre,
Afin d'éviter les Anglais.

SCÈNE III

LES MÊMES, RAVAJOU, entrant par la droite.

RAVAJOU, à la cantonade.

Ayez soin de mes bagages.

PALMÉRIN.

Ravajou !

RAVAJOU.

Palmérin.

PALMÉRIN.

Est-ce que tu es du train de plaisir ?

RAVAJOU.

Oui, je vais à Londres.

PALMÉRIN.

Sans Virginie ?

RAVAJOU.

Ah ! bien, oui, Virginie... Va donc demander à son crétin de bourgeois de lui accorder huit jours de congé pour qu'elle passe avec moi une semaine à Londres, lui qui ne veut seulement pas me laisser mettre la tête à ses carreaux.

PALMÉRIN.

Pauvre Ravajou !

RAVAJOU.

Bah ! Virginie n'en est que plus aimable, quand par

hasard elle peut échapper à son tyran; et toi, voyages-tu toujours pour le commerce ?

PALMÉRIN.

Non... pour éviter un garde du commerce.

RAVAJOU.

Et ton mariage avec mademoiselle Grosmoineau, la fille de ce gros fourreur?

PALMÉRIN.

Ah! mon ami! ce fourreur m'a fourré à la porte, et je vais me fourrer en wagon, ne sachant plus où me fourrer.

SAVIGNY.

Mais je vous assure, monsieur Crokmérott, qu'il est l'heure de partir.

TOUS.

Oui, oui.

CROKMÉROTT, tirant sa montre.

No, no, vô avez encore quinze grosses petites minutes.

PALMÉRIN.

Aussi petites que ça? (A Ravajou.) Nous avons le temps d'aller prendre un petit verre.

CROKMÉROTT.

Allez par ici. (Il indique le café.) Je suivé vô par là. (Il indique le café.) Oh! (Il regarde à sa montre.) Il s'été déjà passé deux grosses petites minutes...

PALMÉRIN.

Si grosses que ça ?... (A-Ravajou.) Alors nous avons le temps de prendre deux petits verres. (Ils entrent au café au moment où entrent par la droite Coquéron, Cornu, Rafflard et Camusard.)

SCÈNE IV

COQUÉRON, RAFFLARD, CAMUSARD, CORNU, puis GROS-MOINEAU et MARTINET, tous avec des paquets. Ils se tiennent bras dessus, bras dessous.

TOUS.

AIR *du Tourlourou.*

Amis, allons donc (*bis*),
Allons à London !

RAFFLARD.

Nous allons, quel plaisir,
Boire du ginger-beer.

CAMUSARD.

Et manger à Greenwich
Un excellent sandwich.

REPRISE ENSEMBLE.

Amis, allons donc, etc.

COQUÉRON.

Dans la fière Albion,
Moi, fort comme un lion,
Si l'on vient me vexer,
Comme je vais boxer !

REPRISE ENSEMBLE.

Amis, allons donc, etc.

GROSMOINEAU, en dehors et baragouinant l'anglais.

Venez, tutte suite, gendre à moâ, venez... je dis à vô de
venir.

MARTINET, en dehors.

Mais, beau-père...

GROSMOINEAU.

Je disé à vô de venir à moâ.

CORNU, riant.

Qu'est-ce que ça !... Grosmoineau qui parle anglais à son
Martinet !

GROSMOINEAU, entrant par la droite.

Où été mes amis? où été les amis à moâ? (Les apercevant.)
Ah !... hein !... comme je parle anglais !

MARTINET, suivant Grosmoineau.

Ah çà ! beau-père, où allons-nous? pourquoi me faire
faire un chemin...

GROSMOINEAU.

Pour te mener au chemin de fer.

MARTINET.

Beau-père, il y a temps pour tout; je ne déteste pas les
voyages, mais le jour de mon mariage... (Fausse sortie.)

GROSMOINEAU, le retenant.

Oh ! n'espère pas nous échapper.

MARTINET.

Eh quoi! avant que je ne m'y sois jeté, vous m'arrachez des bras de votre fille?

GROSMOINEAU.

C'est pour te faire voir la mer.

MARTINET.

La mère de votre fille?

COQUÉRON.

Non, la grand'mer... la mer aux poissons.

MARTINET, stupéfait.

Allons donc!

GROSMOINEAU.

A London... tu as dit le mot... C'est à London que je te mène, que nous allons tous.

TOUS.

Oui, oui, tous en Angleterre !

MARTINET.

Mais ma future...

GROSMOINEAU.

Elle se consolera avec ma femme.

TOUS.

Et la mienne.

GROSMOINEAU.

D'ailleurs, en revenant de Londres, tu lui rapporteras des bas, des châles, des voiles d'Angleterre, des robes de taffetas... d'Angleterre.

MARTINET.

Mais, gros moineau que vous êtes, vous oubliez donc qu'en mon absence un nommé Palmérin, mon rival...

GROSMOINEAU.

Il avait des dettes... il doit être en prison.

MARTINET.

Ah ! tant mieux !

GROSMOINEAU.

Oh ! oui, car ce gaillard-là était ma bête noire ; je serais
allé à Londres rien que pour l'éviter.

MADAME GROSMOINEAU, en dehors.

Par ici, par ici, mesdames !

GROSMOINEAU.

Qu'entends-je ? (Rires au dehors.)

COQUÉRON, gaiement.

Ces rires féminins !...

CAMUSARD.

Des compagnes de voyage.

CORNU.

Il faut que je folichonne !

TOUS.

Oui, follichonnons ! (Ils courent au fond.)

GROSMOINEAU.

Ciel, nos femmes !

MARTINET.

Eurydice !

SCÈNE V

Les Mêmes, TOUTES LES FEMMES, entrant par la droite.

TOUTES LES FEMMES, courant à leurs maris.

CHOEUR.

AIR de Musard.

Maris
Unis
Pour voyager sans vos femmes,
Comptez-vous donc
Nous réduire à l'abandon !
Mauvais
Sujets,
On a découvert vos trames.
Nous vous tenons,
Avec vous nous partirons.

RAFFLARD.

Nos femmes qui s'insurgent !

COQUÉRON.

De la fermeté, messieurs,... Mesdames, au nom du code,
article 213.

MADAME GROSMOINEAU.

Le code, nous le connaissons aussi bien que vous : « La
femme doit suivre partout son mari, » et nous vous suivrons !

TOUTES.

Et nous vous suivrons partout !

MADAME GROSMOINEAU.

Ah ! vous vouliez partir sans vos femmes ?

GROSMOINEAU.

Mais, ma bonne, puisque c'était un voyage d'agrément !
(Ici on entend la cloche du chemin de fer.)

SCÈNE VI

Tous les personnages ; puis Marcassin.

CHOEUR.

Air *nouveau de Montaubry*.

LES FEMMES.

C'est vraiment une horreur !
J'étouffe de fureur !
D'un époux, entre nous,
Bravons le *courroux* !
Malgré tout je rirai,
Je me divertirai.
   On verra (*bis*)
Ce qu'on en dira.

LES HOMMES.

C'est vraiment une horreur !
J'étouffe de fureur !
D'un époux, pouvez-vous
Braver le courroux !
Mais je me vengerai,
Oui, je vous punirai !
   Il faudra (*bis*)
Nous payer cela.

LE CHŒUR.

Oh! plaisir, oh! bonheur!
Fortuné voyageur!
  Hâtons-nous,
  Partons tous!
Quel plaisir pour nous!
Bientôt je partirai,
Bientôt j'arriverai!
  On verra (*bis*)
Ce beau pays-là!

LES MARIS.

Partir dans ce moment suprême!

RAVAJOU, à la cantonade.

Attendez-moi...

CAMUSARD, à part.

Cette voix!... ciel! c'est lui!...

RAVAJOU.

Tiens, mais c'est Paupaul!

CAMUSARD.

Lui-même! lui-même!

RAVAJOU.

Comment va Virginie?

CAMUSARD.

Assez bien, grand merci!

RAVAJOU.

Toujours jolie?

CAMUSARD.

Oui, oui!

SAVIGNY, accourant.

Arrivez donc!

CORNU, à part, l'apercevant.

Que vois-je! mon hussard!
Dans cette foule, il faut que je me glisse...

PALMÉRIN, accourant.

Attendez-moi!

EURYDICE, à part.

Palmérin!

PALMÉRIN, voyant Eurydice.

Eurydice

GROSMOINEAU, à part.

Ciel! Palmérin!

(Haut.)

Hâtons notre départ!

MARTINET, apercevant Palmérin.

Lui! mon rival! j'en aurai la jaunisse!

ENSEMBLE.

CROKMÉROTT et LES CHŒURS.

Allons, partons! (*bis*.)
En wagons, en wagons! (*bis*)

PALMÉRIN.

Nous partons... l'amour me transporte,
O bonheur!...

(Marcassin vient d'entrer par la droite.)

MARCASSIN, l'arrêtant.

Arrêtez! au nom de la loi!

PALMÉRIN.

Marcassin!

MARCASSIN.

A l'instant, à l'instant, suivez-moi!

PALMÉRIN, lui enfonçant son chapeau sur les yeux et l'entrainant,
aidé de Ravajou.

En wagon, c'est moi qui l'emporte!

REPRISE DU PREMIER CHŒUR.

C'est vraiment une horreur! etc.

(Tout le monde sort. Le théâtre change.)

————————

TROISIÈME TABLEAU

—

L'intérieur d'un wagon.

—

SCÈNE PREMIÈRE

Les personnages sont ainsi posés : premier banc, côté gauche, PALMÉ-RIN, GROSMOINEAU, COQUÉRON ; deuxième banc, lui faisant face, MARTINET, EURYDICE et MARCASSIN ; premier banc, côté droit, CAMUSARD, SAVIGNY, UN PERSONNAGE MUET ; deuxième banc, lui faisant face, RAVAJOU, CORNU, RAFFLARD.

MARCASSIN.

C'est odieux ! c'est un tour qui n'a pas de nom !

PALMÉRIN.

Taisez-vous, monsieur Marcassin, vous êtes trop heureux.

MARCASSIN.

Oh ! je me vengerai !

PALMÉRIN.

J'en appelle à toute la société. Monsieur avait pour mission de me saisir ; c'est moi qui l'ai saisi ; mais en le saisissant il me saisissait, nous nous saisissions... c'est saisissant !

MARTINET.

Pardon, monsieur, vous me donnez des coups de pied.

PALMÉRIN.

Est-ce que vous ne saisissez pas, monsieur ?

MARTINET.

Je saisis vos coups de pied ; voilà deux heures que vous marchez sur mes cors.

PALMÉRIN.

Moi ! par exemple ! je cherche à vous passer la jambe, et voilà tout.

MARTINET.

Comment, me passer la jambe?

EURYDICE.

Voyons, voyons, mon ami, il faut bien se passer quelque
chose en chemin de fer.

MARTINET.

Crédienne! alors je voudrais bien me passer de ce gi-
goteur de vis-à-vis. Qui est-ce qui prend ma place? (Il se
lève.)

PALMÉRIN, se levant.

Moi.

MARTINET.

A la bonne heure! (L'échange se fait. Après un moment de
silence.) Eh bien! mais c'est la même chose.

PALMÉRIN.

De crainte de nouveaux coups de pied, emboîtons.

MARTINET.

Ah! bien sûr j'en boîterai.

MARCASSIN, à Savigny qui fume.

Monsieur, je vous ferai observer qu'on ne fume pas en
chemin de fer.

SAVIGNY.

Comment, on ne fume pas en chemin de fer! mais la locomotive fume elle-même; elle ne fait que ça.

CAMUSARD, parlant de Ravajou qui est en face de lui, et qui depuis le
lever du rideau est constamment sur le point de tomber sur Camusard.

Allons, bon! voilà qu'il dort sur moi, il va m'écraser.

PALMÉRIN.

Chantez-lui : Réveille-toi, bel endormi. (Ravajou tombe sur les
genoux de Camusard.)

CAMUSARD.

Oh! mon Dieu! il est sur mes genoux!

PALMÉRIN.

Eh bien! bercez-le.

CAMUSARD.

Pourvu qu'il ne mange pas mon pantalon!

RAFFLARD.

Grosmoineau, voyez-vous la rivière?

GROSMOINEAU.

Est-ce que vous voudriez pêcher en wagon ?

RAFFLARD.

Non, c'est pour savoir.

MARTINET, à Palmérin.

Pardon, monsieur, mais il me semble que vous prenez
la taille de ma fiancée.

EURYDICE, jouant la colère.

C'est vrai, monsieur, je ne m'apercevais pas...

GROSMOINEAU.

Monsieur se permettrait...

PALMÉRIN.

Je vous demande une foule d'excuses, c'était pour réveil-
ler mon ami Marcassin.

MARCASSIN, avec colère.

Je ne dors pas, monsieur !

PALMÉRIN.

On est si serré !

MARTINET.

C'est vrai, monsieur, on est trop serré... Voulez-vous changer de place ?

PALMÉRIN.

A quoi bon ? nous n'avons peut-être plus que cinq minutes à vivre.

TOUS.

Comment ?

PALMÉRIN.

Nous arrivons à une rampe très-dangereuse... et, ici, ce
n'est pas comme dans nos escaliers ; quand on prend la
rampe, on dégringole.

TOUS.

Ah ! mon Dieu !

MARTINET.

Ah ! cette révélation, ça me remue, ça me remue, je n'a-
vais pourtant pas besoin d'être remué.

GROSMOINEAU.

En effet, Martinet, vous êtes pensif, vous avez l'air dé regarder en dedans.

MARTINET.

Je préférerais regarder en dehors ; est-ce que je ne pourrais pas descendre ?

COQUÉRON.

Pas avant quatre heures d'ici.

MARTINET.

Encore quatre heures ! je ne pourrai jamais attendre jusque-là.

CORNU, sur qui Ravajou tombe.

Allons, voilà qu'il me tombe sur les épaules, maintenant. (Repoussant Ravajou.) Monsieur, soutenez-vous. (Ravajou retombe sur Camusard.)

CAMUSARD.

Encore ! Oh ! mais il m'agace.

MARTINET, à Palmérin.

Mais, sapristi, monsieur, vous prenez la taille de ma fiancée.

PALMÉRIN.

Ah ! par exemple !

GROSMOINEAU.

Monsieur Palmérin, veuillez prendre ma place.

PALMÉRIN.

Encore ! j'ai l'air de jouer au colin-maillard assis.

GROSMOINEAU, changeant de place

Cela vous apprendra, monsieur Martinet, à ne pouvoir vous passer de votre future... si elle était restée avec nos femmes dans le compartiment réservé aux fumeurs... non... réservé aux dames.

MARTINET.

Mais c'est de pis en pis ; le voilà maintenant en face d'Eurydice !

PALMÉRIN.

De quoi vous plaignez-vous ? je ne vous donnerai plus de coups de pied. (A Eurydice.) Mademoiselle, je vous en prie, emboîtons.

MARTINET.

Eurydice !...

EURYDICE.

Mais, mon ami, je ne peux pas marcher sur les pieds de monsieur.

MARTINET

C'est vrai ; maudit voyage !... Ah !... elle est gentille vôtre surprise, beau-père !

RAFFLARD, à Palmérin, avec inquiétude.

Pardon, monsieur, la rampe est-elle passée ?

PALMÉRIN.

Pas encore.

MARTINET.

Ne parlez pas de la rampe, mon indisposition redouble... je voudrais bien descendre... Conducteur arrêtez !

GROSMOINEAU.

Mais on n'arrête pas en chemin de fer.

MARCASSIN.

Non, mais on arrête à la station... on y arrête, vous comprenez, monsieur Palmérin ?

PALMÉRIN.

Ah ! vous faites des calembours, vieux Marcassin !... c'est joli pour un homme de votre âge.

SAVIGNY, à Cornu.

Pardon, monsieur, depuis que nous sommes en route vous me regardez, je vous regarde, nous nous regardons... Pourriez-vous m'aider à me rappeler où nous nous sommes vus ?

CORNU, à part.

Que je l'aide ! par exemple !

SAVIGNY.

C'est que vous ressemblez en très-laid à un imbécile...

CORNU.

Ce n'est pas moi.

SAVIGNY..

Un imbécile, au jardin Zoologique...

CORNU.

Je n'y vais jamais.

SAVIGNY.

Ah ! pardon, monsieur.

CORNU.

Il n'y a pas de quoi.

SAVIGNY.

Emboîtons.

MARTINET.

Conducteur, arrêtez ! je veux descendre... ou je ne réponds plus de rien. (On entend le sifflet du chef de train.)

PALMÉRIN.

Impossible, nous voici dans le tunnel. (Nuit complète.)

TOUS.

Ah !

CHOEUR.

AIR *des Démons*. (*Robert-le-Diable*.)

En ces lieux, qu'il fait sombre !
Je tremble de frayeur,
Car il pourrait, dans l'ombre,
Arriver un malheur.

PALMÉRIN, à part.

Ce tunnel... quelle chance
Pour deux amoureux !
Voyageurs, du silence !
Et fermez les yeux !

TOUS.

Nous fermons les yeux.

MARTINET.

Mais, c'est l'enfer !

TOUS.

Oui, c'est l'enfer !

REPRISE ENSEMBLE.

En ces lieux, il fait sombre, etc.

(Palmérin, pendant la reprise, a quitté sa place et est allé se mettre aux genoux d'Eurydice, dont il baise les mains.)

EURYDICE, à part.

Ah ! mon Dieu ! je suis sûre que c'est lui qui m'embrasse...
si je parle mon père se fâchera... Que faire ?

PALMÉRIN, à part.

Elle n'ose pas se plaindre... abusons-en.

RAFFLARD.

Grosmoineau, voyez-vous la rivière ?

GROSMOINEAU.

Laissez-moi tranquille, j'ai très-peur.

MARTINET, à part.

Oh ! quelle idée ! si je profitais de l'obscurité pour embrasser ma fiancée... Ça y est.

GROSMOINEAU.

Cette obscurité m'épouvante. (Martinet s'est levé, et, les mains
en avant, s'est approché de Palmérin, qu'il embrasse.)

MARTINET, à lui-même.

Qu'est-ce que c'est que ça ?

PALMÉRIN, à lui-même.

Le futur !

GROSMOINEAU, bas à sa fille.

Eurydice, prends ma place, je t'en prie.

EURYDICE, à part.

Ah ! mon Dieu ! (Ils changent de place.)

MARTINET, s'essuyant la bouche, à part.

Mais c'est un homme !

PALMÉRIN.

Regagnons ma banquette.

MARTINET, à part.

Ah ! tu te permets d'être aux genoux de ma future...
v'lan ! (En disant v'lan, il a donné un fort coup de pied dans la direction où se trouvait Palmérin, et le coup de pied a frappé en plein dans
les tibias de Grosmoineau, qui a pris la place d'Eurydice.)

GROSMOINEAU.

Aïe ! qu'est-ce qui me flanque des coups de pied ?

MARTINET, à part.

Ciel ! c'est le beau-père... dissimulons. (Il veut se rasseoir à sa place et se rassied sur Palmérin.)

PALMÉRIN, le jetant sur Marcassin.

Qu'est-ce que c'est que ça ?

MARCASSIN, le jetant sur Coquéron.

Ah ! tu veux m'assassiner, gueusard !

COQUÉRON, le jetant sur Ravajou qui dormait et qui dégringole avec lui.

Un assassin !... au secours !...

RAFFLARD.

Est-ce que nous tenons la rampe ?

RAVAJOU, se roulant avec Martinet.

Ah ! c'est toi, gueux de Paul !

MARTINET.

Au voleur ! à la garde !

MARCASSIN.

On me mord les mollets.

CAMUSARD.

Voulez-vous me lâcher !

TOUS

Ah ! gueux ! ah ! brigand !

(Pendant la mêlée, Palmérin a retrouvé la main d'Eurydice.

PALMÉRIN, aux genoux d'Eurydice.

Chère Eurydice, je t'aime ! je t'adore !

(On entend le sifflet du chauffeur ; le jour revient tout à coup.

TOUS.

Que vois-je !

SAVIGNY.

Quel champ de bataille !

MARTINET.

Ouvrez-moi, je veux descendre. J'ai... j'ai... oh !... Il n'est plus temps !

GROSMOINEAU.

En voilà un de voyage d'agrément!

(Le wagon disparaît. — Le théâtre change.)

QUATRIÈME TABLEAU

Le Paquebot.

Le pont du bâtiment.

SCÈNE PREMIÈRE

GROSMOINEAU, CAMUSARD, CORNU, RAFFLARD, MAR-
CASSIN, PALMÉRIN, SAVIGNY, RAVAJOU, CROKMEROTT,
LE CAPITAINE, MATELOTS.

(Au lever du rideau tout le monde s'agite, moins Grosmoineau, Camusard,
Cornu, Marcassin, qui ont le mal de mer. — Rafflard est le seul qui ne
prenne aucune part à ce qui se passe autour de lui ; on le voit pendant
tout le tableau, une ligne à la main, sur le banc de quart, pêchant à la
ligne.)

CHOEUR.

AIR : *Assez dormir, ma belle.*

N'est-il plus d'espérance ?
Ah ! de notre imprudence
Le ciel doit nous punir !
Faut-il perdre courage !
Dans un même naufrage,
Devons-nous tous mourir ?

GROISMOINEAU.

Quand le flot nous soulève,
Mon pauvre cœur se lève.

CORNU.

C'est trop nous balancer !

CAMUSARD.

La triste promenade!

MARCASSIN.

Ah ! je suis bien malade !

PALMÉRIN, le regardant.

S'il pouvait trépasser !

REPRISE EN CHOEUR.

N'est-il plus d'espérance ? etc.

CORNU.

Rafflard, apercevez-vous l'Angleterre ?

RAFFLARD, pêchant.

Je ne vois rien du tout.

CAMUSARD.

Et dire que voilà douze heures que nous ne voyons pas autre chose !

PALMÉRIN.

Ma foi, mes amis, si j'en crois mes lumières, nous allons avoir une tempête effroyable!...

GROSMOINEAU.

Il ne nous manque plus que ça !

MARCASSIN.

Ne dites-donc pas de ces choses-là, monsieur Palmérin... vous voyez bien que vous nous effrayez.

PALMÉRIN.

Ne faut-il pas vous prévenir du danger!... je crois qu'il sera terrible ; si je m'oriente bien, nous devons avoir été poussés par les vents contraires de Dunkerque à Ouessant, et nous devons approcher d'un banc de rochers contre lequel les navires se brisent comme un verre.

CAMUSARD.

Ah ! je ne me sens pas bien.

CORNU.

Il n'a jamais que des choses désagréables à nous dire.

MARCASSIN.

Et à me faire... moi qui croyais l'arrêter à la station...

PALMÉRIN.

Plus souvent!... Le paquebot était en partance. Je me précipite du wagon le dernier. Monsieur Marcassin me guettait : je lui glisse entre les mains et je cours; il court après moi; nous franchissons les tonneaux, les ballots, toutes les marchandises qui encombraient le pôrt; enfin, au moment où le paquebot s'ébranle, je prends mon temps et me précipite sur le pont, me croyant débarrassé de mossieu... pas du tout... Monsieur avait sauté derrière moi.

MARCASSIN.

Trop tard, malheureusement, pour vous ramener à terre.

PALMÉRIN.

Plaignez-vous donc! vous allez voir Londres.

MARCASSIN.

Oui, je le verrai, dussé-je dépenser tout ce que je possède, car ce n'est plus un recors qui vous poursuit, c'est un homme altéré de vengeance. Je m'attache à vos pas, je ne vous quitte plus... et quand vous remettrez les pieds sur le sol de la France... Ah! vous verrez ce que c'est que la vengeance d'un garde du commerce.

GROSMOINEAU.

Rafflard, apercevez-vous l'Angleterre?

RAFFLARD.

Je crois que j'aperçois un requin!

TOUS, effrayés.

Un requin!

RAFFLARD.

Non... c'est un merlan.

TOUS.

Ah! que c'est bête!

MARCASSIN.

Il m'a fait une peur!

RAFFLARD.

Le voilà, je le tiens. (Il pêche un merlan.)

PALMÉRIN.

Enfin, il en a un !

GROSMOINEAU.

S'il est permis de pêcher dans un pareil moment !...

CAMUSARD.

Et dire que voilà douze heures qu'il ne fait pas autre chose.

GROSMOINEAU, voyant Crokmérott.

Ah ! monsieur Crokmérott !

CROKMÉROTT.

Qu'est-ce que vô volez à moâ ?

GROSMOINEAU.

Où sommes-nous ?

CROKMÉROTT.

Je n'en sais rien du tutte.

CAMUSARD.

Mais vous devez le savoir, puisque vous répondez de nous.

CROKMÉROTT.

Je ne répondai que des effets, de la nourriture, du logement, de le agrément de vô ; mais je ne répondais pas de l'existence de vô.

CORNU, avec vivacité.

Mais si nous sommes venus dans un train de plaisir...

MARCASSIN.

C'est pour avoir du plaisir.

CAMUSARD.

Et nous n'en avons pas.

TOUS.

Au contraire.

CROKMÉROTT.

Je ne écouté pas les réclamationnes... Taisez-vô.

TOUS.

Mais...

CROKMÉROTT.

Taisez-vô!... (Il s'éloigne en baragouinant une phrase anglaise.)

CORNU.

Si encore ce maudit capitaine nous disait où nous sommes...
mais non, on ne peut pas lui arracher une parole; il se
promène sur le pont et quand on l'interroge, il jure.

CAMUSARD.

Heureusement que notre ami Coquéron, qui a de grandes
connaissances maritimes, va faire cesser notre incertitude...
Il est descendu faire son estime?

CORNU.

Qu'est-ce que c'est que ça, faire son estime?

CAMUSARD.

Comment! vous ne savez pas ce que c'est que de faire son
estime?

CORNU.

Non.

CAMUSARD.

Et vous, monsieur Marcassin?

MARCASSIN.

Non plus.

CAMUSARD.

Et vous, monsieur Grosmoineau?

GROSMOINEAU.

Je l'ignore.

CAMUSARD.

Ah! c'est particulier.

GROSMOINEAU.

Eh bien! et vous, monsieur Camusard?

CAMUSARD.

Moi... je l'ignore également.

TOUS.

Bah!...

CAMUSARD.

Seulement, j'ai entendu dire à monsieur Coquéron que,
lorsqu'il aura fait son estime, il pourra nous dire où nous

sommes, et voilà déjà quatre heures qu'il est enfermé dans
la cabine.

RAVAJOU.

Eh ! mais, n'est-ce pas lui qui vient de ce côté ?

GROSMOINEAU.

Lui-même.

CAMUSARD.

Enfin, nous allons savoir où nous sommes.

SCÈNE II

LES MÊMES, COQUÉRON, venant de la cabine.

COQUÉRON, se promenant à grands pas.

Diables de mathématiques !

CAMUSARD.

Eh bien ! avez-vous fait votre estime ?

COQUÉRON.

Mon estime, mon estime... Si vous croyez que c'est facile.

TOUS.

Où sommes-nous maintenant ?

COQUÉRON.

Où vous êtes ? (Prenant un air tragique.) Voulez-vous que je
vous dise la vérité ?

CORNU.

Toute la vérité.

GROSMOINEAU.

Rien que la vérité.

COQUÉRON.

Eh bien ?...

TOUS.

Eh bien ?...

COQUÉRON.

Je n'en sais plus rien du tout.

TOUS.

O ciel !

COQUÉRON.

Nous sommes perdus.

GROSMOINEAU.

Mais la boussole ?

COQUÉRON.

J'ai perdu la boussole.

TOUS.

Perdus !

SCÈNE III

LES MÊMES, MARTINET. Il arrive de la cabine. Il est pâle et se sou-
tient à peine.

MARTINET.

Hein ? quoi ?... Qu'avez-vous ?

TOUS, allant au-devant de lui.

Ce pauvre Martinet !

MARTINET.

Soutenez-moi, mes amis, soutenez-moi, je fléchis. (On le
fait asseoir.)

PALMÉRIN, à part.

Martinet !... si je profitais de l'occasion... C'est une idée.
(Il descend à fond de cale.)

GROSMOINEAU.

Ça ne va donc pas mieux ?

MARTINET.

Au contraire !... ça me tient là... dans le cœur... et puis
ça tourne... ça tourne... j'ai mal à la tête... Ah !...

CAMUSARD.

Martinet, du courage... tu n'as plus longtemps à souffrir...

MARTINET.

Est-ce qu'on aperçoit l'Angleterre ?

GROSMOINEAU.

Non, mais rassure-toi; nous allons bientôt mourir.

MARTINET, se levant.

Mourir! Et vous me dites ça pour me rassurer !

GROSMOINEAU.

Songe que tu n'auras plus le mal de mer.

MARTINET.

Papa Grosmoineau, vous êtes hydropique de bonnes intentions... C'est vous qui avez imaginé de me faire une surprise... je voudrais pouvoir vous en remercier, mais c'est une fichue idée que vous avez eue là... (Un grand bruit se fait entendre sous le théâtre.) Quel est ce bruit souterrain ? (On entend plusieurs cris de femmes.)

CAMUSARD.

Ce sont nos épouses.

MARTINET.

Est-ce qu'elles se battraient?

SCÈNE IV

Les Mêmes, Toutes les femmes, arrivant de la cabine, puis PALMÉRIN et EURYDICE. Toutes les femmes vont à côté de leurs maris.

LES FEMMES.

AIR *de la Savonnette impériale. (Pilati.)*

Nous accourons vous dire
Que tout va chavirer :
Déjà, dans le navire,
L'eau vient de pénétrer.

ENSEMBLE.

LES HOMMES.

Elles viennent nous dire
Que tout va chavirer :
Déjà, dans le navire,
L'eau vient de pénétrer.

LES FEMMES.

Nous accourons vous dire, etc.

LES HOMMES.

Notre terreur est sans égale.

LES FEMMES.

Eh ! quoi! comme nous vous tremblez !

MADAME GROSMOINEAU.

La mer pénètre à fond de cale !

MARTINET.

Nous voilà bien calés !

TOUS.

O ciel !

ENSEMBLE.

LES FEMMES.

Nous accourons, etc.

LES HOMMES.

Elles viennent, etc.

PALMÉRIN, arrivant de la cabine, et portant Eurydice dans ses bras.

Place ! place ! (Il la fait asseoir à gauche.)

MARTINET.

Que vois-je ! mon Eurydice !

PALMÉRIN.

Allez-vous-en ! Ce n'est plus votre Eurydice, puisque je suis son Orphée... Je suis descendu la chercher à fond de cale... et je ne souffrirai pas...

LE CAPITAINE, criant dans son porte-voix.

Tous les hommes à fond de cale pour faire la chaîne... à la pompe !

TOUS.

A la pompe !

GROSMOINEAU.

Ah ! c'est notre dernier jour !

REPRISE DU CHOEUR PRÉCÉDENT.

(On voit tous les hommes moins Rafflard, descendre dans la cabine. — Martinet se cache à droite.)

SCÈNE V

RAFFLARD, pêchant toujours, TOUTES LES FEMMES ; puis
MARTINET.

MADAME CAMUSARD.

Ah ! Dieu ! j'ai le bout des pieds trempés.

TOUTES.

Et moi donc !

EURYDICE.

Bah ! ça séchera... Figurons-nous que nous prenons un
bain de mer.

MADAME GROSMOINEAU.

Si l'on peut avoir le cœur de rire, quand il y va de la
vie !

EURYDICE.

On ne meurt qu'une fois... et, pour vous parler franche-
ment, je ne donnerais pas les dangers de ce jour pour tout
le bonheur de ma vie passée... Mourir au milieu d'un naufrage, quand les vents se déchaînent, que les flots mugis-
sent, que les mâts se brisent et que la foudre gronde... un
jour de tempête, ça vaut mieux que cent ans passés rue
Saint-Denis. (Le temps se couvre par degrés, si bien qu'à la fin de
cette scène jusqu'au baisser du rideau, il fait tout à fait nuit.)

MARTINET, se montrant.

O Eurydice ! que vous avez un grand cœur, et pourquoi
faut-il que le mien soit barbouillé !

EURYDICE.

Tenez, de tout l'équipage, le seul homme, c'est moi !

MARTINET.

Un homme !.. vous seriez ?.. Que je suis bête !.. vous êtes
une femme... vos parents me l'ont dit.

MADAME RAFFLARD.

Ah ! mon Dieu ! le temps s'obscurcit.

MADAME CORNU.

C'est un gros nuage qui vient de là-bas.

MADAME COQUÉRON.

Une tempête, sans doute.

MADAME GROSMOINEAU.

Eurydice nous aura porté malheur.

TOUTES.

Une tempête !..

MARTINET.

Il ne nous manquait plus que ça... Rafflard, apercevez-
vous l'Angleterre ?

RAFFLARD.

Je tiens un saumon.

MARTINET.

Que ne suis-je à Paris, dans le passage de ce poisson !

SCÈNE VI

LES MÊMES, TOUS LES HOMMES qui reviennent de la cabine.

CHOEUR.

AIR *du Serment.*

Quel naufrage effroyable !
L'eau pénètre partout ;
Sinistre épouvantable,
Il engloutira tout.

(On se groupe autour du capitaine.)

CROKMÉROTT, accourant.

Impossible de boucher la voie d'eau !

TOUS.

O ciel !

GROSMOINEAU.

N'est-il donc plus d'espoir ?

CROKMÉROTT.

Un seul, et je le tiens du capitaine ; il fallait jeter la chaloupe et les femmes à la mer.

LES FEMMES.

Comment, nous jeter à la mer !

GROSMOINEAU, vivement.

C'est ça !.. jetez !..jetez !..

CROKMÉROTT.

Je veux dire dans la chaloupe... La chaloupe à la mer,
et les femmes dans la chaloupe.

GROSMOINEAU, à Crokmérott.

Et les hommes ?

CROKMÉROTT.

Les hommes, ils resteront avec le bâtiment. (Rumeur géné-
rale.)

PALMÉRIN.

Diable ! je ne croyais pas si bien dire.

GROSMOINEAU.

Périr, Martinet, périr !

MARTINET, bas.

Oh ! quelle idée !

GROSMOINEAU, bas.

Martinet, je crois te comprendre.

MARTINET, bas.

Vous en êtes digne... suivez-moi. (Ils sortent par la cabine.)

LE CAPITAINE.

A la chaloupe !

TOUS.

A la chaloupe !

SCÈNE VII

LES MÊMES, moins GROSMOINEAU et MARTINET.

(Pendant que tous les hommes et toutes les femmes sont occupés à demander la chaloupe, que l'on met à la mer, Eurydice reste seule à
l'avant-scène.)

EURYDICE.

AIR: *La riche Nature* (*L'Éclair*).

O spectacle étrange !
Magique tableau !
A mes yeux tout change,
Tout paraît nouveau,

La crainte peut-elle
S'emparer des cœurs?
La nature est belle,
Même en ses fureurs.
La vague incertaine
Murmure au dehors,
Elle nous entraîne
Malgré nos efforts
Pour nous, plus de trêve,
Le ciel s'obscurcit ;
C'est un dernier rêve,
Et je chante au bruit
Du vent qui s'élève,
Du flot qui grossit.

(A ce moment le tonnerre se fait entendre.)

O spectacle étrange !
Magique tableau ! etc.

LE CAPITAINE, criant dans le porte-voix.

La chaloupe est amarrée ; toutes les femmes à la mer !
(Tonnerre plus violent.)

SCÈNE VIII

LES MÊMES, GROSMOINEAU et MARTINET habillés en
femmes, venant de la cabine.

MADAME GROSMOINEAU.

Mais où est donc mon mari ?

EURYDICE.

Et Martinet, je ne l'aperçois pas.

GROSMOINEAU, bas à sa femme.

Silence !..

MARTINET, bas à Eurydice.

Ne nous trahissez pas !

PALMÉRIN, reconnaissant Martinet et Grosmoineau, à part.

Ce sont eux !

AIR *de Montaubry.*

Martinet ! Grosmoineau ! ma foi,
S'ils recourent à l'artifice,

Je pourrai retenir Eurydice...

                    (L'arrêtant.)

Un instant!...

EURYDICE.

Monsieur, laissez-moi!...

MARTINET, dans la chaloupe.

Que vois-je! O ciel ma fiancée!

TOUS.

Grosmoineau, Martinet. Eh quoi!
Tous deux sauvés!

MONSIEUR et MADAME GROSMOINEAU, dans la chaloupe.

Ma fille!

EURYDICE, à Palmérin.

Laissez-moi!

PALMÉRIN, à lui-même.

En mer, la chaloupe est lancée!

CHOEUR.

Aide-toi, le ciel t'aidera.
Il faut échapper au naufrage ;
Tâchons de sauver l'équipage.
Le même sort nous unira,
Ou bien dans le même naufrage,
Le même flot nous recevra.

(Pendant ce chœur, il se fait un grand mouvement sur le théâtre. Chacun
va, vient, court, et quand on arrive au forté, le tonnerre gronde, la
foudre éclate, le grand mât se brise; tout le monde jette un cri et
tombe.)

FIN DU PREMIER ACTE

ACTE DEUXIÈME

CINQUIÈME TABLEAU

Un dîner anglais.

La salle à manger d'un hôtel. — Porte au fond.

SCÈNE PREMIÈRE

TOUS LES PERSONNAGES, moins MARTINET, puis L'HOTESSE.

CHOEUR.

AIR : *Beaux jours de notre enfance.*

Quel plaisir ! quelle ivresse !
Chers amis ! quel bonheur nous avons !
Enfin, le danger cesse,
Et nous nous retrouvons !

LES HOMMES.

Chère femme !

LES FEMMES.

Cher mari ! (Ils s'embrassent.)

PALMÉRIN, à Eurydice.

Ah ! laissez-moi vous embrasser aussi... Il est si doux de
se revoir ! (Il va pour embrasser Eurydice.)

GROSMOINEAU, les séparant.

Comment se revoir ?... lorsque vous ne vous êtes pas quittés...

MARCASSIN.

Ni moi non plus, je ne les ai pas quittés ; j'étais là en
tiers, veillant sur mon débiteur et sur la vertu de mademoiselle.

PALMÉRIN.

Oui, tu étais là, affreux garde du commerce... oiseau de
proie... vautour... Mais je me ris de toi ici sur le sol britannique...

MARCASSIN.

Rira bien qui rira le dernier.

MADAME GROSMOINEAU.

Ah çà ! quand mange-t-on, s'il vous plaît ?

GROSMOINEAU, à Crokmérott.

Oui... les poissons ont dîné... mais nous ?... nous ?... Quand
peut-on croquer quelque chose, monsieur Crokmérott ?

CROKMÉROTT.

Dans oune moment... Mais je croyais que, en attendant,
je avais procuré à vô oune plaisir qui ne été pas dans le
programme.

MADAME CORNU.

Quel plaisir ?

CROKMÉROTT.

Jé avais fait faire naufrage à vô...

MADAME RAFFLARD.

Ça, c'est vrai que le programme n'en disait rien...

COQUÉRON.

Oh ! que c'était beau, cette tempête !... Ça rappelait le
naufrage de la Méduse.

CAMUSARD.

Et maintenant, nous sommes sur son fameux radeau...

GROSMOINEAU.

Nous crevons de faim...

TOUS EN CHOEUR, sur l'air du *Mirliton*.

Nous demandons du homard,
Avec un' om'lette au lard.
Servez le homard, ou servez-nous l'om'lette au lard.

CROKMÉROTT.

Jé avais commandé ounc dîner confortéble, véritable repas anglais... Enfin un dîner à *l'oseille*, comme vô *disez*
en français.

TOUS.

Ah ! bravo ! bravo !

MADAME CAMUSARD, voyant une guitare accrochée à droite.

Tiens ! une guitare... (Elle la prend.)

MADAME GROSMOINEAU.

Mais où donc est Martinet ?

EURYDICE, avec indifférence.

Mon fiancé... Mais, c'est vrai, qu'est-il donc devenu ?

GROSMOINEAU.

Je l'avais envoyé à votre recherche... et maintenant c'est
lui qui nous inquiète...

EURYDICE.

Bah ! il reviendra, gardez-vous d'en douter...

PALMÉRIN, à part.

Et toujours assez tôt... (Ici madame Camusard fait résonner la
guitare. L'hôtesse entre.)

L'HOTESSE, à madame Camusard qui pince de la guitare.

Oh ! madame, ne jouez pas ainsi...

MADAME CAMUSARD.

Pourquoi cela, s'il vous plaît ?

L'HOTELIÈRE.

C'est sunday.

TOUS.

Sunday ?

L'HOTELIÈRE.

Vous seriez à deux schellings d'amende.

EURYDICE.

A l'amende pour pincer de la guitare ?

L'HOTELIÈRE.

C'est sunday...

GROSMOINEAU.

Encore sunday! monsieur Crokmérott...

CROKMÉROTT.

My dear ?

GROSMOINEAU.

Que veut dire sunday ?

CROKMÉROTT.

Ça voulé dire dimanche.

GROSMOINEAU.

Et le dimanche, à Londres, on ne peut pas pincer de la guitare ?

CROKMÉROTT.

Le dimanche, à London, on ne pinçait rien du tout.

PALMÉRIN, riant.

Ah ! ah ! ça vous regarde, ça, Marcassin... Vous ne me pincerez pas aujourd'hui, mon bien bon...

MARCASSIN.

J'attendrai le vrai moment...

SAVIGNY.

Si nous faisions une partie de billard en attendant le dîner ?...

L'HOTELIÈRE.

Oh ! monsieur, c'est sunday... et tous les établissements sont fermés.

CROKMÉROTT.

Yes ! excepté les boutiques des hapothicaires.

SAVIGNY.

Et si l'on a besoin de se rafraîchir ?

CROKMÉROTT.

On pouvait rafraîchir soi chez les hapothicaires...

SAVIGNY.

Allez au diable avec votre sunday !...

PALMÉRIN.

Que voulez-vous !

AIR : *J'ai d' l'argent.*

C'est sunday (*bis*)
Aujourd'hui rien ne se fait.
C'est sunday (*bis*)
Tout fait
Devient un méfait.

Dans ce pays de brouillards,
Le soleil fuit nos regards...
Quand on lui dit : Parais donc !
Toujours le soleil répond :

C'est sunday ! (*bis*)
Et bien vite, il disparaît.
C'est sunday (*bis*)
Briller serait un méfait.

Bref, dans ce pays vanté,
Quand on cherche la gaîté,
Les plaisirs, ou les amours,
On dirait que tous les jours,

C'est sunday (*bis*)
Qu'y feraient-ils en effet ?
C'est sunday (*bis*)
Tout fait
Devient un méfait.

REPRISE EN CHŒUR.

SCÈNE II

Les Mêmes, MARTINET, entrant par le fond.

MARTINET, avec exaltation.

Ah ! qu'elle était belle !... qu'elle était belle !

GROSMOINEAU.

Tiens, c'est Martinet ! enfin !

MARTINET.

O la divine créature !

GROSMOINEAU.

Ah çà, mon gendre, voici ma fille...

MADAME GROSMOINEAU.

Voilà votre femme.

MARTINET, distrait.

Bonjour... ça va bien ? tant mieux...

PALMÉRIN, à part.

Qu'a-t-il donc ?

EURYDICE.

Est-ce qu'il est fou ?

MARTINET, avec extase, à part.

La magnifique anglaise !.. Six pieds ! Une femme de six pieds !

GROSMOINEAU.

Mais, mon gendre...

MARTINET, sans le regarder.

Fichez-moi la paix !... Ah ! pardon, mais je croyais... je... e dois être très-pâle.

MADAME GROSMOINEAU.

Mais d'où sortez-vous donc ?

MARTINET.

Je n'en sais rien... Ah si, je me promenais dans Leicester square, quand, tout à coup, je me trouve face à face avec une milady miss...

GROSMOINEAU, sévèrement.

Était-ce une miss ou une milady ?...

MARTINET.

Une milady mise dans le dernier goût, avec des yeux de velours bleu, grands comme ça !... et une bouche de corail, petite comme ça !... et des tire-bouchons d'un blond cendré !... plus de trente tire-bouchons !... et un nez !... Oh ! j'ai vu bien des nez dans ma vie !... mais jamais aucun de ces cartilages ne pourrait se comparer à cet amour de nez !

EURYDICE.

Eh bien, c'est très-flatteur...

GROSMOINEAU, à part.

A-t-on jamais vu un imbécile comme celui-là, qui vient nous parler milady, devant ma fille... et qui a l'air de se pâmer encore... (Il lui allonge un coup de pied au derrière.)

MARTINET.

Aïe ! que c'est bête ! j'étais dans les nuages, et vous m'en faites descendre d'une façon...

GROSMOINEAU, furieux.

Taisez-vous ! (Des garçons apportent la table toute servie, et placent des siéges autour.)

CROKMÉROTT.

A table !... on servait le potage...

TOUS.

Ah ! enfin !

CHOEUR.

AIR : *de Tolbecque.*

Oublions nos chagrins ; vite à table !
Savourons ce repas confortable ;
Dégustons, et qu'un vin délectable
Arrose tous ces plats
Délicats.

(Tout le monde prend place ; l'hôtesse est debout et fait le service ainsi
que les garçons.)

CORNU, qui s'attable près de Savigny, à part.

Allons, bon !... juste à côté du hussard !...

CAMUSARD, à part, se trouvant près de Ravajou.

Ciel ! toujours avec mon cauchemar.

GROSMOINEAU, voyant sa fille à côté de Palmérin.

Que vois-je ?... ma fille à côté de ce Palmérin... Mon gendre,
changez de place avec votre future.

PALMÉRIN.

Du tout, je réclame... le service est réglé, ne changeons
rien au service.

GROSMOINEAU, se levant.

Mais, je proteste... Protestez donc, mon gendre !

MARTINET, qui est assis au bout de la table, à gauche.

Oh ! oui, je proteste... (A lui-même.) Qu'elle était belle !

GROSMOINEAU.

Je proteste qu'il a perdu l'esprit, moi. (Il se rassied.)

CROKMÉRUTT.

Goûtez-moi ce potage à l'anglaise.

COQUÉRON.

Goûtons !

TOUS.

Goûtons !

RAVAJOU, après avoir goûté, ouvrant une grande bouche.

Eh !...

TOUS.

Eh!...

RAFFLARD.

Qu'est-ce que c'est que cette soupe?

GROSMOINEAU.

Pouah! que c'est mauvais!

CROKMÉROTT.

Mauvais, cette potage, mauvais!... ce été délicieux... je régalé beaucoup moâ... je trouvé très-bon.

COQUÉRON.

C'est exécrable!

MARCASSIN.

Pitoyable!

LES FEMMES.

Détestable!

GROSMOINEAU.

Mais qu'est-ce donc que ça?

CROKMÉROTT.

C'est de la soupe à la bière.

TOUS.

A la bière!

GROSMOINEAU.

AIR: De Madame Favart.

Quoi! c'est de la soupe à la bière!

COQUÉRON.

A la bière! se peut-il bien!

CROKMÉROTT.

C'été le mode en Angleterre;
C'été très-bon!

TOUS.

Ça ne vaut rien!

CROKMÉROTT.

Quand je vous disé que j'aime,
Moi, qui été l'amphitryon,
Vos devez le aimer de même:
C'est l' potag' de l'Exposition.

SAVIGNY.

Allez au diable, avec votre potage ! je n'en veux pas.

TOUS.

Ni moi.

PALMÉRIN.

Enlevez le potage !

TOUS.

Enlevez le potage ! (On dessert.)

MARTINET, mangeant la soupe, à part.

C'est une soupe de son pays ; elle doit l'aimer .. je l'aime

L'HOTESSE.

Garçon, servez. (Un garçon apporte un grand plat sur lequel est un énorme morceau de viande).

COQUÉRON.

Ah ! le beau plat !

TOUS.

Il est superbe !

RAVAJOU.

Commençons par boire, ne fût-ce que pour oublier le potage.

CROKMÉROTT, à un garçon.

Jonh, versez..., (A un autre, qui enlève le plat,) et vô, coupez.

EURYDICE, se levant.

Je propose un toast à l'union de la France et de l'Angle-terre.

TOUS.

Vivat !

MARTINET.

Oh ! oui, aux Anglaises ! (Tout le monde se lève.)

TOUS, après avoir bu.

Qu'est-ce que ça ?

CAMUSARD.

Nous sommes empoisonnés ! (On se rassied.)

CORNU.

Quel est ce breuvage?

GROSMOINEAU.

C'est du vinaigre.

CROKMÉROTT.

Non, ce été du ginger-beer.

PALMÉRIN.

Au diable le ginger-beer!.. Garçon, du vin de France, du bordeaux, du champagne !

L'HOTESSE

Nous n'en avons pas.

SAVIGNY.

Qu'on en aille chercher !

L'HOTESSE .

C'est impossible.

TOUS.

Pourquoi ?

L'HOTESSE.

C'est Sunday.

TOUS.

Encore !

MARTINET, buvant, à part.

Elle doit l'aimer, je l'aime... (faisant une horrible grimace) je l'aime...

RAFFLARD.

Ce pain est d'un dur !...

MARTINET, à part.

Je l'aime !

RAFFLARD.

Garçon, du pain tendre !

L'HOTESSE.

Ça ne se peut pas, Monsieur.

RAFFLARD.

Et la raison ?

L'HOTESSE,

C'est sunday.

PALMÉRIN.

C'est juste... toujours ce diable de sunday... à Londres, si l'on veut manger du pain tendre le dimanche, il faut l'acheter le samedi. (Les garçons ont servi de la viande à chacun.)

CROKMÉROTT.

Vô allez me goûter *cette* plat.

TOUS.

Ah! il a très-bonne mine.

CORNU.

Goûtons.

TOUS.

Goûtons.

CAMUSARD, après avoir goûté, ouvrant une grande bouche,

Eh!

TOUS.

Pouis !..

GROSMOINEAU.

Qu'est-ce que c'est donc encore que ça?

CROKMÉROTT.

Ce été du cerf aux confitures de groseilles.

TOUS.

Aux confitures?

GROSMOINEAU, à Crokmérott.

Comment, monsieur, vous faites manger du cerf à des gens mariés et établis?... et aux confitures de groseilles encore !...

CAMUSARD.

Quelle chienne de cuisine !

MARTINET, à part.

Elle doit l'aimer, je l'aime ! (Il mange en faisant des efforts comiques.)

CROKMÉROTT.

Ce été excellent...

TOUS.

Détestable !

GROSMOINEAU.

Mais nous ne mangeons rien !

CROKMÉROTT.

Servez les tartines.

MARCASSIN.

Ah ! nous avons des tartines ? quelles tartines est-ce ?

CROKMÉROTT.

Des tartines excellentes... On les faisait avec du jambon...

TOUS, d'un air résigné.

Ah !..

CROKMÉROTT.

Du fromage de Chester...

TOUS, s'étonnant.

Oh !

CROKMÉROTT.

De la moutarde...

TOUS, s'irritant.

Hein ?

CROKMÉROTT.

Et des confitures d'abricotte..

TOUS, s'écriant.

Ah !

CROKMÉROTT, dominant le bruit.

Tout ça l'un sur l'autre.

TOUS, se levant de la table, qu'on enlève.

Ah !.. (*Toutes les femmes sortent.*)

CHOEUR.

AIR : *De Tempête.* (*Loïsa Puget.*)

Ah ! c'est un outrage !
Et le dessert vaut le potage !
Nous donner (*bis*)
Un pareil dîner !
Oui, c'est un outrage ;
Et pour qu'il nous en dédommage,
A ses frais (*bis*)
Mangeons d'autres mets.

GROSMOINEAU, à l'hôtesse.

Un gigot!...

MARCASSIN.

Des pigeons !

COQUÉRON.

Une caille !

CORNU.

Du pommard!

RAVAJOU.

Du beaune !

RAFFLARD.

Du châblis

COQUÉRON.

Un canard!...

CAMUSARD.

Une tendre volaille!

PALMÉRIN.

Du champagne escorté de bisc

TOUS.

Bien ! bien !
Buvons à plein verre !
Bien, bien !

CROKMÉROTT.

Je ne paierai rien.

L'HOTESSE.

Messieurs, je ne puis rien faire.

TOUS.

Pourquoi ?

L'HOTESSE.

Pourquoi? C'est
Sunday !

TOUS.

Ah ! c'est un outrage, etc.

(Tout le monde sort. — Le théâtre change.)

____

SIXIÈME TABLEAU

La chambre à coucher.

Une chambre à coucher, mais sans un seul lit; on ne voit que des matelas par terre de distance en distance. — Porte au fond, porte à
droite. — Nuit.

SCÈNE PREMIÈRE

TOUS LES PERSONNAGES, avec des bougeoirs ; les femmes sont
en camisoles et en jupons blancs. —Ils entrent par le fond. — Jour.

CHŒUR.

Air *de la Dame blanche.*

Allons,
Dormons,
Puisque nous ne pouvons mieux faire ;
Allons,
Dormons,
Car le dimanche en Angleterrre,
On bâille, quand on ne dort pas.
Couchons-nous donc sans être las.
Allons,
Dormons,
Mais espérons,
Que demain nous rirons.

MARTINET, à part.

Je ne sais pas si c'est l'amour ou la soupe à la bière,
mais je me sens très-ému...

GROSMOINEAU.

Eh bien, où sont donc nos chambres ?

CROKMÉROTT, au milieu.

Voici le côté des hommes... (Il indique la chambre où l'on est.
Indiquant la porte de droite.) Le côté des femmes, il être par ici.

CAMUSARD.

Comment, comment, vous nous séparez de nos épouses?

CROKMÉROTT.

Yes.

COQUÉRON, montrant les matelas, qui sont disposés de la façon suivante : numéro 1, un peu au fond et sur le côté droit ; numéro 2, au premier plan, à gauche ; numéro 3, au deuxième plan, un peu à gauche ; numéro 4, entre le numéro 2 et le numéro 3 ; numéro 5, au premier plan à droite ; numéro 6 au milieu et au fond. Tous, le sixième excepté, ont les pieds tournés vers les spectateurs.

J'aime à croire que ce ne sont pas là nos lits?

CROKMÉROTT.

Ce été très-confortable.

MARCASSIN.

Comment ! nous allons coucher pêle-mêle et par terre ?

CROKMÉROTT.

Le voyage il était à frais communs et j'offrais à vô le communauté de le matelas...

CAMUSARD, montrant les matelas.

Et c'est ce qu'on appelle un voyage de luxe !

MARTINET, à lui-même.

Je crois avoir mangé trop de cerf aux confitures.

EURYDICE.

Et vous dites que de ce côté...

CROKMÉROTT.

Côté des dames... yes ! tout aussi bien que nous.

MADAME GROSMOINEAU.

Eh quoi ! la même chose, par terre ?

CROKMÉROTT.

Absolument le même chose...

MADAME RAFFLARD,

Eh bien, c'est gentil !

MADAME CAMUSARD.

Dites donc que c'est atroce !

CORNU, en colère.

Nous ne devons pas être séparés de nos femmes !

CROKMÉROTT.

Teusez-vô, polissonne ! Le moralité de le Angleterre il séparé les sexes... Sexes, séparez-vô..

MARTINET, à lui-même.

C'est peut-être le ginger-beer...

GROSMOINEAU.

AIR : *Dormez donc, mes chères amours.*

Quoi ! trente hommes menés par un !

PALMÉRIN.

Cela n'a pas le sens commun !
Mais c'est un voyage en commun.

LES FEMMES, à leurs maris.

Bonsoir, cher époux...

LES MARIS, à leurs femmes.

Chère femme !...

TOUS.

Bonsoir, le sommeil nous réclame !...

(Ils s'embrassent.)

PALMÉRIN.

Chère Eurydice !...

EURYDICE, bas.

Taisez-vous !

PALMÉRIN, bas.

Cet affreux lit me sera doux,
Car je vais y rêver de vous.

LES FEMMES.

Bonsoir, bonsoir !

CROCKMÉROTT.

Chacun éteindra son bougeoir.

TOUS.

Bonsoir, bonsoir !
Demain nous pourrons nous revoir.

(Toutes les femmes entrent à droite.

SCÈNE II

LES MÊMES, moins LES FEMMES.

CROKMÉROTT.

Mettez-vous en cercle, je allé faire l'appel des noms et des matelas.

GROSMOINEAU.

L'appel ! Ah çà ! est-ce qu'il nous prend pour des conscrits, ce John Bull-là?

CROKMÉROTT.

Premier matelas, monsieur Grosmoineau... (Grosmoineau s'éloigne) et monsieur Marcassin.

GROSMOINEAU, revenant.

Hein ?... nous serons deux sur un seul matelas?

CROCKMÉROTT, fortement.

Teuzez-vô et allez vous caoûcher !

GROSMOINEAU.

Allez vous caoûcher vous-même! A-t-on jamais vu!... (Il va se coucher auprès de Marcassin.)

CROKMÉROTT.

Deuxième matelas, monsieur Camusard et monsieur Ravajou.

CAMUSARD, à lui-même.

Lui !... Allons... résignons-nous...

RAVAJOU.

Tiens, avec Paupaul!... Eh bien! si vous voulez, nous allons parler de Virginie. (Ils se couchent sur le même matelas.)

CROKMÉROTT.

Troisième matelas, monsieur Palmérin...

GROSMOINEAU, à Palmérin, qui regarde par la serrure de la porte des dames.

Eh bien ! monsieur Palmérin, qu'est-ce que vous faites donc là ?

PALMÉRIN.

Je regarde.

GROSMOINEAU.

Et pourquoi regardez-vous ?

PALMÉRIN.

Pour voir.

GROSMOINEAU.

Je le vois bien.

CROKMÉROTT, lisant.

Troisième matelas, monsieur Palmérin et monsieur Martinet.

PALMÉRIN, à part.

Avec mon rival ! (Haut.) Allons, monsieur Martinet, voici notre matelas...

MARTINET.

Croyez-vous que ce soit le cerf aux confitures? (Ils vont se coucher sur le même matelas.)

CROKMÉROTT.

Quatrième matelas, monsieur Rafflard et monsieur Coquéron. (Ils vont se coucher.)

CORNU, à part.

Eh! mais, je ne vois plus que le hussard.

CROKMÉROTT.

Cinquième matelas, monsieur Cornu et monsieur Savigny.

CORNU, à part.

Juste ! ça ne pouvait pas me manquer.

SAVIGNY, à Cornu.

Ma foi, monsieur, le hasard nous rassemble souvent.

CORNU.

C'est vrai, monsieur.

SAVIGNY.

Je jurerais vous avoir vu déjà.

CORNU.

Je ne crois vraiment pas.

SAVIGNY.

Allez vous coucher. (Ils prennent place sur le même matelas.)

CROKMÉROTT.

Sixième et dernier matelas, monsieur Crokmérott tutte seul.

TOUS.

Ah ! oui, tout seul.

CROKMÉROTT.

Et là-dessus, je souhaité bien le bonsoir à vô.

TOUS.

Bonsoir. (Ils éteignent leurs bougeoirs. Crokmérott se couche sans éteindre le sien. — Demi-nuit.)

CROKMÉROTT, après un temps.

Oh ! ce été très-bon, très-confortable. (L'orchestre reprend en sourdine l'air : Dormez donc, mes chères amours. Au milieu de l'air, Martinet se lève sur son séant.)

MARTINET.

Ah ! mon Dieu ! (Il se lève tout à fait en ajoutant :) Monsieur Crokmérott.

CROKMÉROTT.

Quoi ? (Martinet lui parle bas, Crokmérott lui répond de même et lui donne son bougeoir. Martinet sort en toute hâte par le fond. — Nuit complète.)

RAVAJOU, rêvant et chantonnant.

Avait pris femme,
Le sir' de Framboisy...

CAMUSARD, à qui Ravajou donne des coups de pied.

Mais, fichtre, vous me donnez des coups de pied dans les jambes.

PALMÉRIN, se levant et fredonnant.

Pendant que tout sommeille,
Dans l'ombre de la nuit...

Si je cherchais à m'introduire dans le sanctuaire des grâces... Le papa Grosmoineau ronfle comme une locomotive ; le futur est allé se promener je ne sais où... Ma foi, j'ai bien envie de me faufiler... Tant pis... je me faufile.

RAVAJOU, de même et donnant de nouveaux coups de pied à Camusard.

La mère, Michel est veuve...

PALMÉRIN.

Que le diable l'emporte, lui, avec ses chansons !... il a failli... (Il n'a pas le temps d'achever ; en reculant, ses pieds ont rencontré le matelas de Grosmoineau et de Marcassin ; il tombe sur tous les deux.)

GROSMOINEAU et MARCASSIN.

Hein ?... Qu'est-ce que c'est ?

PALMÉRIN.

Silence ! c'est moi... Palmérin...

MARCASSIN.

Mon débiteur qui veut m'assassiner !

PALMÉRIN.

Mais non... c'est par hasard... en me promenant...

GROSMOINEAU.

Est-ce que vous ne pourriez pas vous promener ailleurs que sur mon matelas?

SAVIGNY, s'éveillant.

Qui est-ce donc qui fait tout ce bruit-là ?

PALMÉRIN, à Savigny.

Recouchez-vous, dormez tranquille, et ne faites pas de mauvais rêve.

GROSMOINEAU.

Ah ! décidément, tout n'est pas roses dans les voyages.

PALMÉRIN, à part.

Tâchons maintenant de mieux m'orienter.

MARTINET, rentrant avec le bougeoir.

Son souvenir me suit partout !

PALMÉRIN, à part.

Allons, bon ! le futur maintenant.

SAVIGNY.

C'est drôle; on m'a réveillé, je ne peux plus me rendormir. (Il se remet sur son séant.)

MARTINET, allant à son matelas.

Tiens ! il n'y a plus personne sur mon matelas.

CORNU, rêvant.

Pardon, monsieur le soldat, pardon...

SAVIGNY, à lui-même.

Mon camarade de lit qui rêve.

MARTINET.

Tant mieux... je serai mieux tout seul pour penser à elle. (Il se remet sur le matelas et éteint le bougeoir.)

PALMÉRIN, à part.

Il se recouche... Allons, de l'audace... (Il se dirige vers la chambre des femmes.)

CORNU, rêvant.

Oui, c'est moi, monsieur le hussard... c'est moi, l'homme du jardin zoologique... vous savez...

SAVIGNY.

Qu'entends-je ?

CORNU.

L'homme qui vous a donné un soufflet, c'est moi...

SAVIGNY, tombant sur lui.

Ah ! misérable!... gredin !

CORNU, se réveillant.

Ciel! au meurtre ?...

PALMÉRIN.

Du bruit !... (Il veut regagner son matelas et retombe sur Marcassin et Grosmoineau.)

MARCASSIN.

A l'assassin! au feu ! (Tout le monde se lève effrayé; pêle-mêle général.)

TOUS.

Au secours !...'à la garde !... (Les femmes accourent au bruit.)

SCÈNE III

TOUS LES PERSONNAGES, hommes et femmes; les femmes avec
des bougeoirs; le jour se fait.

CHOEUR.

Air *du baron de Castel-Sarrasin.*

Pourquoi ces cris, ce tapage,
Qui vient troubler notre sommeil ?
Il est certain que ce voyage
Est un voyage sans pareil.

SAVIGNY.

Non, monsieur, vous n'êtes pas quitte,
Vous m'avez offensé.

CORNU.

Mais non.

SAVIGNY.

De votre odieuse conduite,
Songez à me rendre raison.

MADAME CORNU, à Savigny.

Monsieur, grâce, je vous en prie,
C'est mon mari !

SAVIGNY, à part.

Son mari... bon !

(Haut.)

D'honneur, on n'est pas plus jolie !
Je crois que j'entendrai raison (*bis.*)

REPRISE DU CHOEUR.

Pourquoi ces cris, etc.

(Toutes les femmes rentrent dans leur chambre, et les hommes sortent
par le fond.)

FIN DU DEUXIÈME ACTE

ACTE TROISIÈME

SEPTIÈME TABLEAU

Les brouillards.

Un des bords de la Tamise. — Au lever du rideau, la scène est envahie
par un brouillard épais.

SCÈNE PREMIÈRE

PALMÉRIN et EURYDICE, arrivant à tâtons par la droite.

ENSEMBLE.

Air: *De brune et blonde.*

Quel affreux brouillard !
Serrons-nous bien, car
Nous cheminons au hasard ;
L'amour suit nos pas,
Donnons-nous le bras,
Surtout, ne nous quittons pas.

PALMÉRIN, pressant Eurydice contre lui.

Ah! qu'ils soient bénis, les brouillards de la Tamise,
puisqu'ils nous ont réunis! Eurydice, jure-moi que tu ne
me quitteras plus jamais... Qu'as-tu donc? On dirait que tu
trembles?

EURYDICE.

C'est que j'ai grand peur.

PALMÉRIN.

AIR : *Restez, restez, troupe jolie.*

Mais, avec moi, que peux-tu craindre?

EURYDICE.

Dans ce brouillard, seule avec vous!

PALMÉRIN.

De ce brouillard, loin de te plaindre,
Ah! permets qu'un baiser bien doux...

EURYDICE.

Monsieur, que me proposez-vous?

PALMÉRIN.

Ici, d'un futur ou d'un père,
Tu ne peux craindre les regards.

EURYDICE.

Mais, ce baiser...

PALMÉRIN.

Eh bien! ma chère,
C'est un baiser sur les brouillards.

(Il l'embrasse.)

EURYDICE.

Quoi, monsieur, vous osez?...

PALMÉRIN.

Ma chère,
C'est un baiser sur les brouillards!

EURYDICE.

Êtes-vous bien sûr au moins que notre mariage pourra se faire ici?

PALMÉRIN.

Mais certainement, on parle d'un nouveau forgeron qui vient de s'établir à Gretna-Green, à l'occasion de l'Exposition... je vous emmène en Écosse... chez ce Vulcain de l'hyménée... qui marie sur une enclume, à grands coups de marteau. (A part) Après ça, il faudra bien que le papa cède.

EURYDICE.

Mais de l'argent pour faire ce voyage? Vous n'en avez guère, et je n'en ai pas.

PALMÉRIN.

Si vous voulez me seconder, nous en aurons ce soir.

EURYDICE.

Ah! tenez, pour échapper au Martinet, je suis capable de tout...

PALMÉRIN.

Suivez-moi donc... ayez confiance en moi, ma chère Eurydice, ma petite femme adorée!

EURYDICE.

Comment lui résister!

AiR: *Elle a pour moi placé l'échelle.* (*Fille du Diable.*)

Je fais peut-être une folie,
Mais la folie, oui, la folie aura raison.
A vos serments mon cœur se fie,
Et je vous suis, je vous suis chez le forgeron.

ENSEMBLE.

EURYDICE.

Je fais peut-être une folie, etc.

PALMÉRIN.

Ne crois pas faire une folie,
Car ma folie, oui, ma folie aura raison.
A moi que ton cœur se confie,
Suis-moi sans peur, oui, suis-moi chez le forgeron.

(Ils sortent par la gauche.)

SCÈNE II

MARCASSIN, entrant par la droite.

Ces deux silhouettes... Ah! mon gaillard, si tu crois m'é-chapper à la faveur du brouillard!... Alerte! alerte, Marcassin! (Il sort sur les pas de Palmérin.)

SCÈNE III

MADAME CORNU, SAVIGNY, arrivant par la droite, en se donnant
le bras.

MADAME CORNU.

Mais, monsieur, où me conduisez-vous donc ?

SAVIGNY.

Mais je ne sais, madame, je cherche à rejoindre nos compagnons de voyage.

MADAME CORNU.

De ce côté ?

SAVIGNY.

Fiez-vous à moi, nous les retrouverons. (Ils disparaissent par
la gauche.)

SCÈNE IV

SIX VOLEURS, entrant par la gauche.

PREMIER VOLEUR.

Where was you, William ? (*Où es-tu, William ?*)

DEUXIÈME VOLEUR.

Stay a while for me here. (*Attendez-moi un peu ici.*)

PREMIER VOLEUR.

I do not care if I go along with you. (*Je ne me soucie pas
d'aller avec vous*).

DEUXIÈME VOLEUR.

You are then much afraid ? (*Vous avez donc bien peur ?*)

PREMIER VOLEUR.

I confess it. (*Je l'avoue.*)

MADAME GROSMOINEAU, au dehors.

Monsieur Grosmoineau !

GROSMOINEAU, de même.

Où es-tu, ma femme !

TOUS LES VOLEURS.

A man ! (*Un homme !*) (Ils s'éloignent dans différentes directions.)

CAMUSARD, en dehors.

Monsieur Crokmérott.

RAFFLARD, de même.

Par ici !

CORNU, de même.

Par ici, où ?

COQUÉRON, de même.

Eh bien ! par là... (Entrant par la droite et appelant,) Madame Coquéron ?

MARTINET, entrant par la gauche.

Eurydice !...

GROSMOINEAU, entrant par la droite et appelant.

Madame Grosmoineau !...

RAFFLARD, de même.

Madame Rafflard !

CAMUSARD, entrant par la gauche.

Madame Camusard ! (Ils sont entrés de différents côtés et se heurtent les uns contre les autres.)

TOUS.

Ah !

SCÈNE V

TOUS, à l'exception d'EURYDICE, de PALMÉRIN, de MADAME CORNU, de SAVIGNY et de MARCASSIN.

LES FEMMES.

Les voix de nos maris !

LES MARIS.

Les voix de nos femmes ! (Ils se cherchent confusément, puis chaque mari finit par retrouver son épouse, excepté Cornu qui est seul.)

AIR *de Renaudin de Caen.*

LES FEMMES.

Vous ici, quel heureux hasard !

LES MARIS, moins Cornu.

Parlez, d'où venez-vous, mesdames ?

LES FEMMES.

Apprenez que vos pauvres femmes,
Furent victimes du brouillard.

MARTINET.

En courant après ma promise,
J'ai, victime de ce brouillard,
Dégringolé dans la Tamise,
Et barbotté comme un canard.

MADAME GROSMOINEAU.

Quoi ! pas moyen de découvrir
Notre Eurydice si gentille !
Laissez donc une jeune fille
Voyager en train de plaisir !

MADAME COQUÉRON.

C'est affreux !... je suis révoltée...
Tout à l'heure, par un manant,
Sachez que je fus insultée...
Mais, je ne dirai pas comment.

MADAME CAMUSARD.

En route, un baiser me fut pris.

MADAME RAFFLARD.

On m'en prit trois.

MADAME GROSMOINEAU.

    On m'en prit quatre.

LES MARIS.

Les gredins ! Il fallait les battre !

LES FEMMES.

Nous les prenions pour nos maris !

ENSEMBLE.

Enfin, bénissons le hasard,
Qui réunit maris et femmes,
Mais, désormais, il faut, mesdames,
Nous }
Vous } méfier de ce brouillard.

MARTINET.

Je vais à la recherche d'Eurydice. (Il sort par la gauche.)

GROSMOINEAU.

C'est ça, va, mon garcon.

CORNU.

Mais je ne vois pas mon épouse! Où donc est madame Cornu?

MADAME CAMUSARD.

Elle donnait le bras à monsieur Savigny.

MADAME RAFFLARD.

Ils se seront égarés dans le brouillard, comme nous tous.

CORNU.

Avec monsieur Savigny? Ah! malheureux! Ah! la malheureuse!

RAVAJOU.

Et dire que nous sommes venus à Londres pour en admirer les monuments! Comme c'est facile à travers ce brouillard qui vous prend à la gorge.

GROSMOINEAU.

C'est un brouillard à couper au couteau. Ah çà! quelle heure peut-il être?

COQUÉRON.

Oui, quelle heure avons-nous? (Tous tirent leurs montres.)

GROSMOINEAU.

Je ne peux pas voir.

TOUS.

Ni moi non plus.

GROSMOINEAU.

Il doit être l'heure du spectacle. (Les voleurs, qui épient depuis un moment, enlèvent vivement toutes les montres que tiennent les personnages. — Riant.) Ah! ah! ce farceur de Coquéron qui vient de me souffler ma montre!...

COQUÉRON.

Moi! moi!... c'est vous, au contraire!

CORNU, avec colère.

Rafflard, je n'aime pas ces farces-là !

RAFFLARD.

Voyons, Camusard, rendez-moi mon ognon ?

CAMUSARD.

Comment ! quand c'est vous qui prenez le mien !

COQUÉRON.

Eh bien ! qui est-ce qui farfouille donc dans ma poche ?

GROSMOINEAU.

Et dans la mienne ?

CAMUSARD.

Et dans les deux miennes !

LES FEMMES.

Mais on me prend ma chaîne, mon châle, mon porte-monnaie !

TOUS, criant.

Au voleur ! (Les voleurs se sauvent.)

SCÈNE VI

LES MÊMES, CROKMÉROTT, qui arrive par la droite
avec une très-grosse lanterne.

CROKMÉROTT, appelant très fort.

Grosse-moineau ? Grosse-moineau !

GROSMOINEAU.

C'est la voix de M. Crokmérott... Par ici... à gauche...
non, à droite... et puis toujours tout droit.

CROKMÉROTT.

Enfin, Grosse-moineau, je retrouvais vô !... Eh bien !
vô devez être très-content ?

GROSMOINEAU.

Pourquoi ça ?

CROKMÉROTT.

Vô assistez à *une* brouillard, très-jôli... qu'on peut
dire... et cela ne était point sur *la* programme.

MADAME GROSMOINEAU.

Merci, nous nous en scrions bien passés de votre brouillard.

COQUÉRON.

On nous y a volés comme dans un bois.

CROKMÉROTT.

Oh ! c'étaient des pick-pokets... il fallait pas faire attention à cela...

TOUS.

Il est charmant !

CROKMÉROTT.

Allons, c'étaite l'heure du spectacle... Grosse-moineau, vô allez tenir moû par le basque de mon habit... et tout le monde en fera autant tout de même,... Comprenez-vô ?

TOUS.

Oui. (Ils défilent tous sur l'air suivant, à la queue leu-leu.)

Air *de la Gigue (dans le tableau des Riflemen).*

CROCKMÉFOTT.
Allons vite, que l'on me suive !
Dans l'ombre, qu'on me suive pas
     A pas !
Marchez toujours, quoi qu'il arrive,
     Et ne me quittez pas !

GROSMOINEAU.
Le charmant petit voyage !
     Ah ! sapristi ! j'enrage !

MADAME GROSMOINEAU.
En aveugle je le suis,
Sans savoir où je suis.

COQUÉRON.
J'aimerais mieux un naufrage ;
     On y voit davantage.

MADAME COQUÉRON.
Ici, la beauté, vraiment,
     Doit s'égarer souvent.

CAMUSARD.
En suivant notre chef de file,
Nous marchons comme des soldats,
     Au pas.

MADAME CAMUSARD.
On peut se perdre en cette ville,
     Où l'on ne se voit pas.

CORNU.

Ce hussard est un infâme !
Il m'a volé ma femme !

RAFFLARD.

A Londres, comment chercher
Un endroit pour pêcher ?

MADAME RAFFLARD.

Cet affreux brouillard, je gage,
Augmente davantage.

RAVAJOU, le dernier.

A Londres, nous voyons bien
Que nous ne voyons rien.

TOUS.

Allons vite, il faut qu'on le suive !
Dans l'ombre qu'on le suive pas
A pas !
Marchons toujours, quoi qu'il arrive,
Et ne le quittons pas.

(Tous sortent en se tenant par la jupe ou par les basques des habits.
— Le théâtre change.)

HUITIÈME TABLEAU

Le théâtre de Covent-Garden.

Rideau d'avant-scène représentant une grande affiche comme on en voit
en Angleterre. C'est l'affiche du Théâtre ; on y lit : « Théâtre de Co-
» vent-Garden : Immense succès ! *Les Tribulations d'un pantalon
» anglais*. Nota : Les Français du train de plaisir assisteront à cette
» représentation. Ils sont vivants !.. Le prix des places ne sera pas
» augmenté. » Diverses annonces figurent sur cette affiche.

SCÈNE PREMIÈRE

CROKMÉROTT, au premier balcon, à la droite du spectateur
et s'adressant au public.

Ladies et gentlemen, le directeur de ce théâtre avait désiré de montrer à vô, pour son bénéfice, les petites Français que jé avais amenés de Paris. Ils sont fort gentils; ils été fort doux. Je recommandais à vô *biaucoup* de affabilité pour cette *exhibichonne*, vraiment curieuse et straordinaire.

LES ANGLAIS, de la salle.

Yes ! yes !

CROKMÉROTT.

Je devais prévenir vô que le célèbre clown Dislok-man, le charmante Colombine miss Jenny, et Ganache-man, le Pantalon, ayant quitté le troupe pour aller danser et *claouner* sur le continent, je les avais incontinent faisé remplacer par trois des petites Français que jé avais amenés... Mais n'en disez rien aux autres... car ce était pour échapper à eux, qu'ils avaient accepté l'offre de moi, de jouer dans le pantomime... Aô ! voici les autres... oune petite miousique à l'orchestre, pour faire une petite entrée à eux... (L'orchestre joue.) Par ici ! par ici !... (Entrée des personnages, moins Palmérin, Marcassin, Eurydice et Martinet. — Aux voyageurs:) Les dames sur le devant. . les messieurs sur le derrière. (Les voyageurs se placent au même balcon.)

LES ANGLAIS, de la salle.

Bravo! bravo !

CAMUSARD.

Hein ! qu'est-ce que c'est?

GROSMOINEAU.

Est-ce qu'on aurait l'intention de se moquer de nous !

CROKMÉROTT.

Mais no! mais no ! Ce été une petite surprise pour faire plaisir à vô...

GROSMOINEAU.

Ah ! bon !... mais on prévient... Il y a des surprises agréables qui surprennent désagréablement... Enfin !

CORNU.

.C'est égal, une politesse en vaut une autre... Si nous chantions à nos voisins d'outre-Manche le *God savé*?

COQUÉRON.

Le savez-vous ?

CORNU.

Non.

RAFFLARD.

Alors, allez vous asseoir.

MADAME GROSMOINEAU.

Monsieur Grosmoineau, apercevez-vous notre fille ?

GROSMOINEAU.

Sois donc sans inquiétude... Notre gendre s'est mis à la poursuite du ravisseur... il doit venir me donner des nou-velles... Mais sapristi ! je ne suis pas trop bien ici... je préférerais être à l'orchestre, je verrais mieux.

CROKMÉROTT.

Il ne s'agissait pas que vô voyez, mais que l'on voyait vô... (Murmures des voyageurs.)

RAFFLARD.

Ah çà ! vous nous donnez donc en spectacle ?

CROKMÉROTT.

Very well... Très-bien. Jé avais annoncé vô sur l'affiche... Voyez...

MADAME GROSMOINEAU, après avoir salué le public, et minaudant.

Ah ! nous étions attendus... ah ! vraiment... Ces Anglais ont l'air fort aimable... Charmant théâtre que ce théâtre de Covent-Garden...

MADAME CORNU.

Il est presque aussi joli que le théâtre des Variétés...

MADAME COQUÉRON.

C'est pourtant vrai qu'il y a de la ressemblance...

MADAME CAMUSARD.

Oh ! par exemple... je trouve que c'est bien plus grand et bien plus beau ici.

MADAME COQUÉRON.

Et puis le public est bien mieux composé.

MADAME RAFFLARD.

Oh ! pour ça, mesdames, il faut convenir que les Variétés reçoivent toujours une charmante société...

RAVAJOU, avec ironie.

Les Variétés de Paris ? Joli théâtre !...

TOUS.

Silence !

CAMUSARD.

Comme c'est agréable de voyager avec un animal comme
ça !

MARTINET, entrant à la deuxième galerie.

Beau-père, avez-vous vu ma future?

MADAME GROSMOINEAU, avec anxiété.

Martinet !

GROSMOINEAU.

Non, et vous ?

MARTINET.

Moi, je l'ai cherchée dans Green-Park, dans Hyde-Park,
dans Regent-Park, et je ne sais pas comment je ne suis
pas mort au milieu de ces trois Park.

MADAME GROSMOINEAU.

Courez, courez encore !

MARTINET.

Oui, je park... Non, je pars... Pardon, messieurs. (Il sort.)

COQUÉRON, indiquant un monsieur qui dessine sur un album.

Tiens, que fait donc ce monsieur qui dessine là-bas?...

CROKMÉROTT.

Né faisé pas attentionne ! Il dessinait vô... il prenait le
caricatioure de vô... pour faire riser les Anglais des bonnes
balles à vô...

CAMUSARD.

Hein?... l'on va se moquer de nos balles ?

CROKMÉROTT.

Yes... Ce était pour l'Illustréchionne London news. (Pro-
noncez niouss.) Les dessinateurs anglais, ils représentaient
toujours les Français stioupides, ridiquioules, avec la tête à
l'envers ou bien la tête sans la cervelle... Cela amiousait
nô...

COQUÉRON, se mettant à dessiner Crokmérott.

A charge de revanche... Dites donc, charge pour charge...
la vôtre est bonne à faire...

CROKMÉROTT, très-ennuyé.

Que faisez ?.. que faisez ?...

COQUÉRON.

Je croque votre binette... Ne faites pas attention...

GROSMOINEAU, se levant.

Dieu ! c'est elle !

TOUS.

Quoi donc ?

GROSMOINEAU, tranquillement et se rasseyant.

Non, je me trompais, j'avais cru reconnaître Eurydice... Où diable s'est-elle fourrée ?... (On frappe les trois coups.)

CROKMÉROTT.

Silence ! on allait commencer...

CAMUSARD.

Merci... je m'en doutais..

COQUÉRON.

Qu'est-ce que nous allons voir ?

CROKMÉROTT.

Les Tribulations d'un pantalon anglais.

CAMUSARD.

Tiens, je croyais qu'en Angleterre il était défendu de parler culotte.

CROKMÉROTT, choqué.

Une pantalon n'était point une culotte...

GROSMOINEAU.

Ah çà ! je lis sur l'affiche : *Pantomime*. Est-ce que vos acteurs ne vont rien nous dire ?

CROKMÉROTT.

C'étaite pour que vô compreniez mieux, quand ils ne diront rien du tutte.

COQUÉRON.

Mais c'est donc un spectacle de fumenambules ?

CORNU.

Eh bien, c'est cossu pour un voyage de luxe ! (L'orchestre joue.)

CROKMÉROTT.

Teusez-vô....on commençait le ouverture.

MARTINET, à la deuxième galerie, parlant pendant l'ouverture.

Beau-père, avez-vous vu ma future ?

GROSMOINEAU.

Non, et vous ?

MARTINET.

Depuis qu'on nous l'a distraite, j'ai parcouru Saint-James Street, Regent Street, Osborn Street, Oxford Street... Bref, plus de dix Street, depuis qu'elle est distraite, mais il paraît qu'on nous l'a soustraite !

MADAME GROSMOINEAU.

Courez, courez encore...

MARTINET.

Les jambes me rentrent !...

GROSMOINEAU.

Qu'est-ce que ça me fait ?...

MARTINET.

Allons, recourons de nouveau... Oh ! je les retrouverai !... pardon, monsieur... désolé de vous déranger. . excusez-moi si je vous marche un peu sur les pieds... c'est l'émotion, voyez-vous... (Il sort. — Le rideau se lève.)

NEUVIÈME TABLEAU

La Représentation.

PANTOMIME.

Un jardin. — Au fond, un mur. — A gauche et à droite, deux pavillons.

(Clown arrive, portant une énorme guitare ; il se dirige vers le pavillon de gauche, pince de son instrument et ouvre la bouche, comme s'il chantait la cavatine du *Barbier de Séville*, que l'orchestre exécute. Il se pâme

9

sur une roulade, à la fin de laquelle il tombe à la renverse. — Il se relève en faisant une grimace horrible.

Colombine sort du pavillon de gauche : c'est Eurydice. Elle entre en dansant, en tournoyant sans cesse, ainsi que le font les Colombines anglaises. Clown veut lui parler de son amour, elle danse; il lui dépeint sa flamme, elle danse toujours; si bien qu'il est obligé de lui faire sa déclaration sur l'air du *Saltarello*. Eurydice, tout en dansant, repousse ses hommages et lui fait comprendre qu'elle en aime un autre.)

MADAME GROSMOINEAU, dans la salle.

Regardez-donc, monsieur Grosmoineau, comme cette Colombine ressemble à Eurydice!

GROSMOINEAU, de même.

Vous êtes folle!... notre fille ne peut pas ressembler à une Anglaise.

MADAME GROSMOINEAU.

Pourquoi?

GROSMOINEAU.

Parce que vous me feriez supposer, madame Grosmoineau, que vous avez eu des rapports avec l'Angleterre.

MADAME GROSMOINEAU.

Vous êtes bête!...

(On entend tousser le seigneur Pantalon. Colombine sort aussitôt et ferme la porte au nez de Clown, qui voulait la suivre. Clown reste atterré, en se frottant le nez. Pantalon paraît: c'est Marcassin. Il sort du pavillon de droite et dit en aparté :)

MARCASSIN-PANTALON.

Ah! tu veux jouer les clowns, pour m'échapper, toi!... eh bien, moi, je joue les Pantalons, et c'est toi qui remporteras ta veste!... sous ce costume, il ne peut me reconnaître. A mon rôle!

(Il sonne Clown avec une cloche qu'il tire de sa poche. Clown, qui s'était endormi à la porte de Colombine, éternue; en bâillant et en se détirant, il allonge un soufflet à Pantalon, qui lui rend un coup de pied. — Clown paraît fort étonné. — Pourquoi me frappez-vous ?—Pourquoi me gifles-tu ; —Moi?—Oui, toi. Voilà ce que tu as fait.—Pantalon se détire à son tour et envoie un soufflet à Clown, qui lui rend aussitôt un coup de pied. Fureur de Pantalon. Clown rit aux éclats, puis fait son possible pour calmer son maître. Il le caresse, lui arrange sa cravate, sa perruque. Pantalon veut s'en aller, Clown le retient par sa queue, qui est de caoutchouc et s'allonge démesurément ; puis Clown lâche tout à coup cette queue, qui va cingler le dos de Pantalon, plus furieux que jamais. Ce jeu se renouvelle une seconde fois, et Clown, en regardant dans l'œil de son maître, lui dit : — Ne bougez pas ! ne bougez pas ! — Il lui retire alors une énorme paille de l'œil. Pantalon est calmé ; il dit qu'il a faim et qu'il veut déjeuner. Il s'assied et lit un journal anglais d'un format gigantesque. Clown apporte une petite table qu'il lui pose sur les pieds ; il lui secoue la nappe au nez. Lazzi. Pantalon voit bien une table mise, mais il n'aperçoit rien dessus. — Attendez, dit Clown, qui sort et revient avec une poule sous son bras. Pantalon se remet à lire son journal. Clown fait pondre la poule : il a des œufs, mais comment les faire cuire ? Comment faire une omelette sans feu et sans poêle ? — Pantalon s'est endormi en lisant le journal. — Tiens, dit Clown en regardant le chapeau de Pantalon, voilà qui peut me servir. Il casse ses œufs dans le chapeau, y met du sel, du poivre, les bat avec une fourchette, déchire le journal, l'allume, soulève le chapeau de Pantalon et fait cuire son omelette dedans. Lazzi. Pantalon est réveillé par la flamme qui le brûle ; il se démène comme un diable ; mais Clown a éteint l'incendie, et il sert une omelette cuite à point sur la table. Pantalon trouve qu'elle sent la pommade ; Clown la mange. Pantalon regarde l'heure à sa montre. Il dit à Clown qu'il attend Arlequin, qui arrive de la Californie avec beaucoup d'argent, pour épouser Colombine. — Tiens, vois la lettre que j'ai reçue de lui. — Il déploie une énorme lettre, sur laquelle on lit : « J'arrive » du Sacramento, tout cousu d'or, pour épouser Colombine. ARLEQUIN. » — Ciel ! s'écrie Clown, soutenez-moi ! — Il tombe dans les bras de Pantalon, qui en a sa charge. Lazzi. Écoutez-moi, dit Clown, qui met des gants blancs et prend un air solennel, écoutez-moi bien ! — Je t'écoute, reprend Pantalon. — Otez d'abord le coton que vous avez dans l'oreille, ajoute Clown ; et il tire de l'oreille de Pantalon une énorme balle de coton. — — Maintenant, dit-il, apprenez... Non, venez de ce côté... Personne ne peut nous entendre ?... (Il se trouve du côté de l'autre oreille.) Apprenez donc... Mais ôtez d'abord le coton... (Même jeu.) Apprenez que j'adore Colombine et que je vous la demande en mariage. — Pantalon rit aux éclats. — Un misérable valet, sans un sou, oser prétendre !... — Je n'ai pas le sou, c'est vrai, dit Clown, mais je suis beau, et je suis très-fort... Tenez, laissez-moi jongler avec vous. Il prend Pantalon par le jabot et le lance en l'air. Lazzi. On frappe en dehors. — C'est lui, dit Pantalon, c'est mon gendre, c'est Arlequin ! Va ouvrir, gredin ! — Clown va ouvrir à droite. — Arlequin paraît tournoyant sur lui-même ; il est au comble du bonheur. — Colombine arrive, elle se jette dans ses bras. Ils se mettent à danser. Clown, qui veut faire preuve de talent, danse avec eux.)

PAS DE TROIS.

(Après la danse, Pantalon dit à Arlequin :—Tout cela est bel et bon, mais je n'ai pas encore vu la couleur de ton argent. Il déroule un écriteau sur lequel on lit : « Où est le sac ? » — Vous allez le voir. Sur un signe d'Arlequin, un nègre paraît, portant des sacs dans une brouette. Joie de Pantalon, qui est émerveillé. Clown parvient à dérober un des sacs. Pantalon fait entrer la brouette chez lui; pour plus de sûreté, il veut mettre l'argent dans sa caisse. — Il disparaît avec la brouette. — Pendant son absence, Arlequin fait l'amour avec Colombine, et Clown ouvre le sac, pour voir ce qu'il y a dedans. O surprise ! il n'y trouve que des cailloux. Pantalon revient tout joyeux; Clown lui montre le sac et les cailloux. Fureur de Pantalon, qui rentre chez lui pour vérifier le fait. — Tout est perdu, dit Arlequin à Colombine; mais, si tu m'aimes, tu me suivras partout; y consens-tu ? — Oui. dit Colombine, je suis à toi. — Eh bien, va m'attendre dehors. — Colombine sort par la gauche. Clown veut s'opposer à sa fuite et courir après. Arlequin l'arrête et commence à administrer à Clown une volée de coups de batte. Celui-ci veut boxer; mais Pantalon revient avec un fusil; il est dans le paroxisme de la fureur. Il dit à Arlequin : —Tu es un misérable; sors d'ici, ou je t'extermine. Il le couche en joue. Arlequin s'élance et passe au travers du mur de fond, dans une touffe de fleurs.—Oh ! dit Clown, il vous échappe, et Colombine est avec lui ! — Cours après, dit Pantalon. — Comment, vous voulez?... — Cours après, te dis-je, ou je t'extermine à sa place ! — Il le couche en joue. Clown effrayé s'élance et disparaît à son tour par le même endroit. Pantalon dit alors : — Et je resterais seul ici?... Non pas, je veux les suivre! — Il crache dans ses mains, il s'élance à son tour, après avoir déposé son fusil à terre; mais il reste en route, il gigote. — Clown survient, prend le fusil et tire dans la direction de Pantalon, qui finit par disparaître à son tour. Après cette prouesse, Clown sort en sautillant et en faisant mille singeries avec le fusil.)

(Le théâtre change et représente le bord de la mer.)

DIXIÈME TABLEAU

Le Merrimac.

—

(Arlequin et Colombine arrivent en dansant, en sautant; ils sont ivres de joie; ils peuvent s'aimer et se le dire. Ils fuiront n'importe où, mais ils ne seront plus séparés. Clown paraît au fond. — Ciel! c'est Clown! dit Colombine. — Écoute, dit Arlequin, une barque est amarrée au rivage;

saute dedans, je te rejoins aussitôt. Arlequin attaque Clown à coups de batte; Colombine saute dans la barque. Arlequin jette Clown sur le nez, monte à son tour dans la barque et s'éloigne du rivage. Clown les voit s'éloigner, veut se jeter à l'eau, mais il s'arrête prudemment : il ne sait pas nager. Pantalon paraît, Clown l'arrête par la queue. — Où sont-ils? demande Pantalon.—Ils sont partis sur mer, tenez, de ce côté. Il le pousse brutalement; Pantalon tombe à la mer, mais Clown le rattrape par la jambe et le remet sur pied. Lazzi. On voit entrer le *Merrimac*, et la tête d'Arlequin se montre bientôt à une lucarne du bâtiment; Colombine paraît à côté de lui. — Ce sont eux! ô rage !... Pantalon, au comble de la fureur, sort un instant, et revient en tirant après lui, par la culasse un canon Armstrong, qui tient toute la largeur du théâtre. Aidé de Clown, il le fait entrer dans la coulisse de gauche, de façon qu'on n'aperçoit plus que la gueule du canon qui passe. Alors ils se mettent à charger la pièce; ils mettent de la poudre à canon en quantité, puis du tabac qu'on apporte dans un grand pot; puis on apporte un énorme boulet qu'on met dans le canon; puis, enfin, Pantalon arrive avec la mèche, met le feu, et, après une grande détonation, on voit le boulet qui s'est applati sur le *Merrimac*; Arlequin le tient et le retourne comme une crêpe. On aperçoit Colombine qui prend une glace en souriant. A la suite de la détonation, Clown et Pantalon sont pris d'un éternuement féroce. C'est la charge de tabac qui s'est répandue dans l'air et qu'ils ont absorbée. Tout à coup un homme blindé paraît au fond. Cet homme blindé c'est Martinet, qui s'approche de Clown et lui dit:

MARTINET.

Tu n'es qu'un faux clown, tu t'appelles Palmérin... je vais t'abîmer !... (Il décharge sur lui des petits canons qui l'entourent.)

GROSMOINEAU, de la salle.

Qu'entends-je ?... c'est la voix de Martinet !

MARTINET.

Oui, de Martinet, qui s'est fait blinder, pour veiller sur votre fille !

PALMÉRIN-CLOWN.

Oh ! je saurai bien vous échapper encore !

MARCASSIN-PANTALON.

Jamais !

PALMÉRIN.

Marcassin !... comment, le Pantalon...

MARCASSIN.

C'était moi, en Cassandre des Funambules ! Ça va bien ?

GROSMOINEAU, criant.

Assez !... assez !... Monsieur le Régisseur, faites baisser le rideau. (On baisse un rideau. Les personnages en scène se trouvent devant.) C'est une affaire de famille. Je ne veux pas qu'on me gâte mon voyage de Londres. Je viens de prendre une ré-solution héroïque... Martinet, vous n'êtes plus mon gendre, je vous retire la main de ma fille !

PALMÉRIN.

O bonheur !

MARTINET.

Pourquoi ça ?

GROSMOINEAU.

Parce que ma fille, ayant joué la comédie avec Palmérin, elle s'est affichée... avec lui... et puis, parce que vous n'ê-tes qu'un imbécile !

MARTINET.

Eh bien, je m'en moque comme de colin-tampon !... je viens de retrouver ma belle Anglaise dans les cou-lisses, elle m'a dit *to morrow*... ça veut dire : à demain !

GROSMOINEAU.

Assez !... Palmérin, vous clownez fort bien : je vous donne ma fille !...

EURYDICE, accourant tout à coup.

Merci, papa !

MARCASSIN.

I't nous ferons la noce à Clichy, je ne le quitte plus !

GROSMOINEAU.

Féroce Marcassin !... je paye les dettes de mon gendre !... Allez tous vous déshabiller. (Les personnages en scène sortent.) Ne pensons plus qu'à jouir du tableau merveilleux de l'Expo-sition de London... Venez, messieurs, venez, mesdames... rendons-nous tous au palais de Kensington ! (Tous les personnages qui sont dans la salle sortent. — L'orchestre joue l'air de la fameuse marche d'Auber. — Le théâtre change et représente l'exposition de Londres.)

ONZIÈME TABLEAU

Le palais de l'Exposition.

Vacarme épouvantable causé par toutes les machines en mouvement.

SCÈNE PREMIÈRE

TOUS LES PERSONNAGES, moins MONSIEUR et MADAME GROS-MOINEAU, MARTINET, EURYDICE, PALMÉRIN et MAR-CASSIN. Foule de curieux.

CROKMÉROTT.

Silence, taisez vô mécaniques, que l'on entendait moà... Taisez, taisez vô... je voulais montrer aux petites Françaises les chefs-d'œuvre de l'Exposition... Faisez venir le lion.

MADAME CORNU.

Ciel !... un lion !

TOUS, se sauvant.

Un lion !

CROKMÉROTT.

N'ayez pas peur... je répondai de vô. (On amène le lion.) Cette lion ne été pas vivant.

MADAME RAFFLARD.

Ah ! mais, regardez donc, mesdames, comme ce lion est bien imité.

CROKMÉROTT.

Lione, disez bonjour à la société. (Le lion salue.) Fesai une petite risette à ces dames. (Le lion sourit.)

CROKMÉROTT.

Disai tout de suite quel âge elles avaient.

MADAME CORNU.

Il va dire notre âge !

TOUTES LES FEMMES.

Ah ! non, par exemple !

CROKMÉROTT.

Eh bien, qui est-ce qui veut lui donner une poignée de main ?

CORNU.

Pas moi ; on a beau se dire : C'est une mécanique, l'image d'une bête féroce...

MADAME CORNU.

Vous êtes poltron. Tenez, je lui donne la main, moi.

MADAME COQUÉRON.

Moi, aussi.

CROKMÉROTT, au lion.

Fesai entendre la voix à vô. (Rugissement.)

TOUT LE MONDE, se sauvant.

Oh ! la, la !

CROKMÉROTT.

Mais n'ayez donc pas peur, ce été une voix mécanique.

CAMUSARD.

On prévient.

CROKMÉROTT.

Maintenant, je vais montrer à vô un canard.

COQUÉRON.

Il va nous montrer un canard. Saperlotte, il ne sera pas

le premier; nous n'en manquons pas à Paris, de canards.
(On amène le canard.)

CROKMÉROTT.

Tenèz, voyez, regardez-moa ça.

TOUS.

Oh ! le joli canard !

MADAME COQUÉRON.

C'est parfait !

MADAME CORNU.

C'est adorable !

RAVAJOU.

C'est-à-dire que ça donne des idées de canard aux na-
vets. (Le canard chante.)

CROKMÉROTT.

Le canard ordinaire ne buvait que de l'eau, eh bien !
celui-ci buvait du vin.

TOUS.

Du vin !

CROKMÉROTT.

Vô allez voir. (Après l'expérience.)

CHOEUR.

Un canard qui boit du vin,
C'est merveilleux, c'est divin !
Certes ce canard pochard
Est un objet d'art.

(On emporte le canard. — Arrivée de Grosmoineau et de tous les autres
personnages.)

COUPLET FINAL.

Air *de Saltarello.*

GROSMOINEAU, entrant en mangeant.

Ah ! quelle excellente bombance !
J'ai traversé ce beau palais ;
Et pendant ce trajet immense,

Mes yeux n'ont vu que des buffets:
Croquets, nougats ou sucreries,
Babas, brioches, gorenflots,
Leurs nouvelles pâtisseries
Sont tous nos plus anciens gâteaux.

MADAME GROSMOINEAU.

Voyez ce miroir de Jouvence
Qui vous rend le teint virginal;
L'auteur y joint, par prévoyance,
Un pot de rouge végétal.

CORNU.

Un vieux Chinois vient de me vendre
Ce beau pantalon de Nankin,
Et l'étiquett' vient de m'apprendre
Qu'il sort de la rue Transnonain.

MADAME RAFFLARD.

Un photographe, au charbon d' terre,
A fait mon portrait. Voyez donc.

MADAME GROSMOINEAU.

Vous avez l'air d'un' charbonnière.

MADAME RAFFLARD.

Dam'! c'est un portrait au charbon.

COQUÉRON.

Gilet blindé que rien n'égale!
Après un duel au pistolet,
On est sûr de trouver la balle
Dans la poche de son gilet.

MADAME COQUÉRON.

Ah! quelle invention pudique!
Quand ils sont par trop empressés,
Grâce à ce corset électrique,
Les amoureux sont repoussés.

RAVAJOU.

Voyez ce produit d'Angleterre :
Rasoirs anglais, cinq francs les deux...
Jamais aucun rasoir sur terre
Ne sut raser aussi bien qu'eux.

MADAME CAMUSARD.

Ce champagne est trop ordinaire
Pour qu'on l'expose, à mon avis.

CAYUSARD.

C'est pour nous exposer, ma chère,
A le payer dix fois son prix.

MADAME CORNU.

Auprès d'une machine à coudre,
Nous passions bien à notre insu,

SAVIGNY.

Quand, rapide comme la foudre,
A madame elle m'a cousu.

CORNU.

Se peut-il bien!... Bonté divine!
Ma femme cousue avec vous!

SAVIGNY.

Ce n'est pas nous, c'est la machine.

MADAME CORNU, à son mari.

Mon cher mari, décousez-nous.

RAFFLARD, montrant une canne.

Voyez cette canne anglomane;
J'ai commode et tiroirs partout.
C'est charmant! Excepté de canne,
Ma canne peut servir de tout.

MARCASSIN.

« Mon ami, tu s'ras bientôt père, »
M'a dit ma femme, à mon départ...
Et je viens d'acheter pour elle
Ces pastill's contr' le mal de mer.

PALMÉRIN.

Un Anglais, qui vient de me vendre
Cette corde pour vingt-cinq sous,
M'a dit : « Ce était pour vous pendre,
Quand vous embêterez trop vous. »

MARTINET.

Dans le grand bassin d'eau de rose
Tout exprès je me suis trempé.
Mais je crois sentir autre chose...
De bassin me serais-j' trompé?

CROCKMÉROIT.

Nous ne craignons pas vos reproches,
 Peuples de tout's les nations ;
Venez chez nous vider vos poches,
Vous remplirez nos intentions.
J'étais fier de mon Angleterre !
Nous offrons aux regards de tous
Tout's les merveilles de la terre...

GROSMOINEAU.

Quand on les apporte chez vous.

EURYDICE, au public.

Moi, je n'ai fait aucune emplette ..
Un vieux marchand de talismans,
Voulait me vendre une amulette,
Qui rend les juges indulgents.
J'ai cru, messieurs, devoir répondre
Qu'à Paris on est trop galant
Pour que je rapporte de Londre
Le secret de rendre indulgent.
 (Reprise des quatre derniers vers.)

CHOEUR.

Messieurs, ell' crut devoir répondre, etc.

FIN

Paris. — Imp. VALLÉE et Ce, 15, rue Bréda

BIBLIOTHÈQUE DU THÉATRE MODERNE

EN VENTE CHEZ DENTU, ÉDITEUR :

Paris. — Imprimerie VALLÉE et Cⁱᵉ, rue Breda, 15.